雁のひとつら

柴原 逸

郁朋社

雁のひとつら

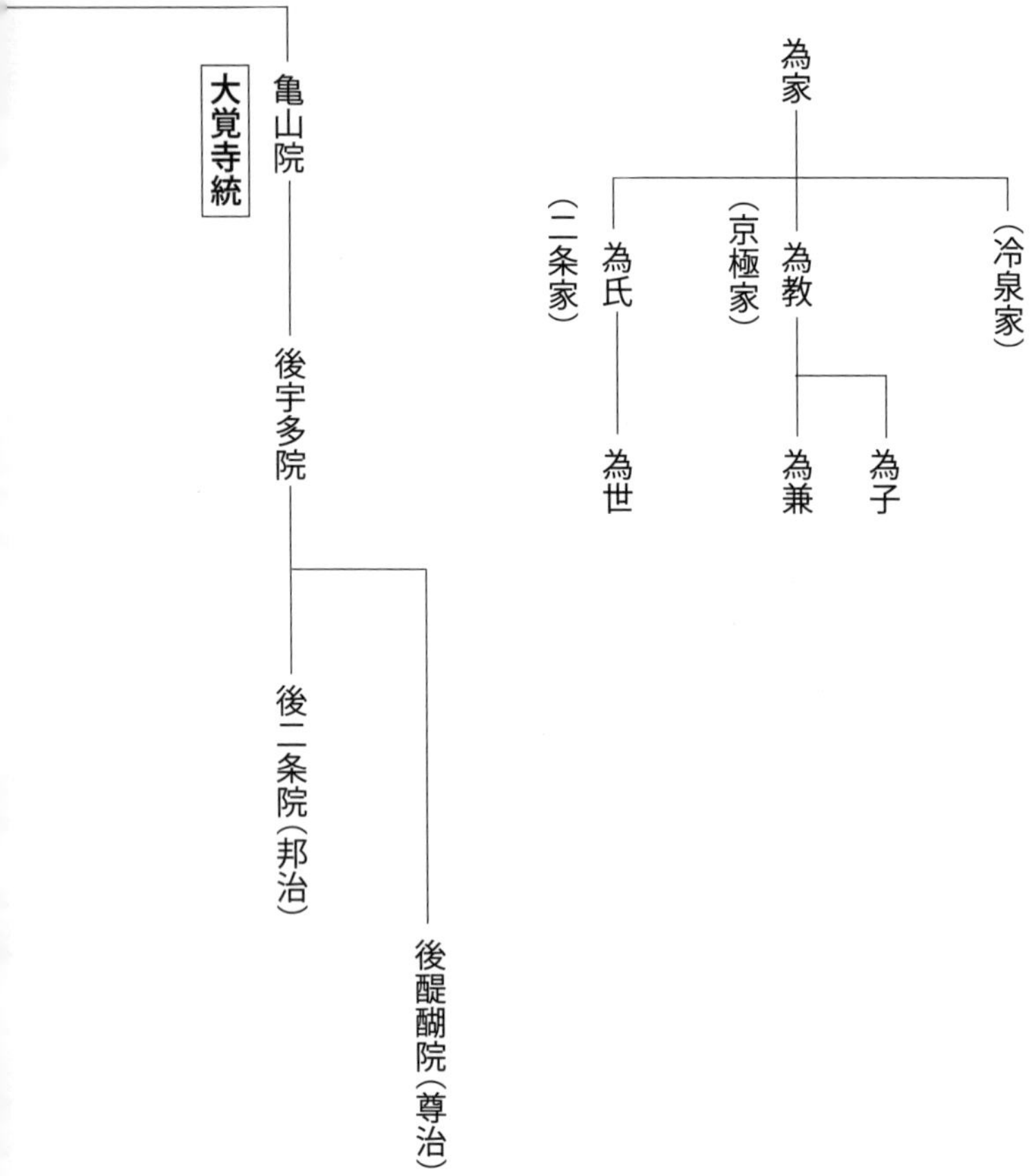
為家
（冷泉家）
為教
（京極家）
為氏
（二条家）
為子
為兼
為世
亀山院
大覚寺統
後宇多院
後二条院（邦治）
後醍醐院（尊治）

【関係者略図】

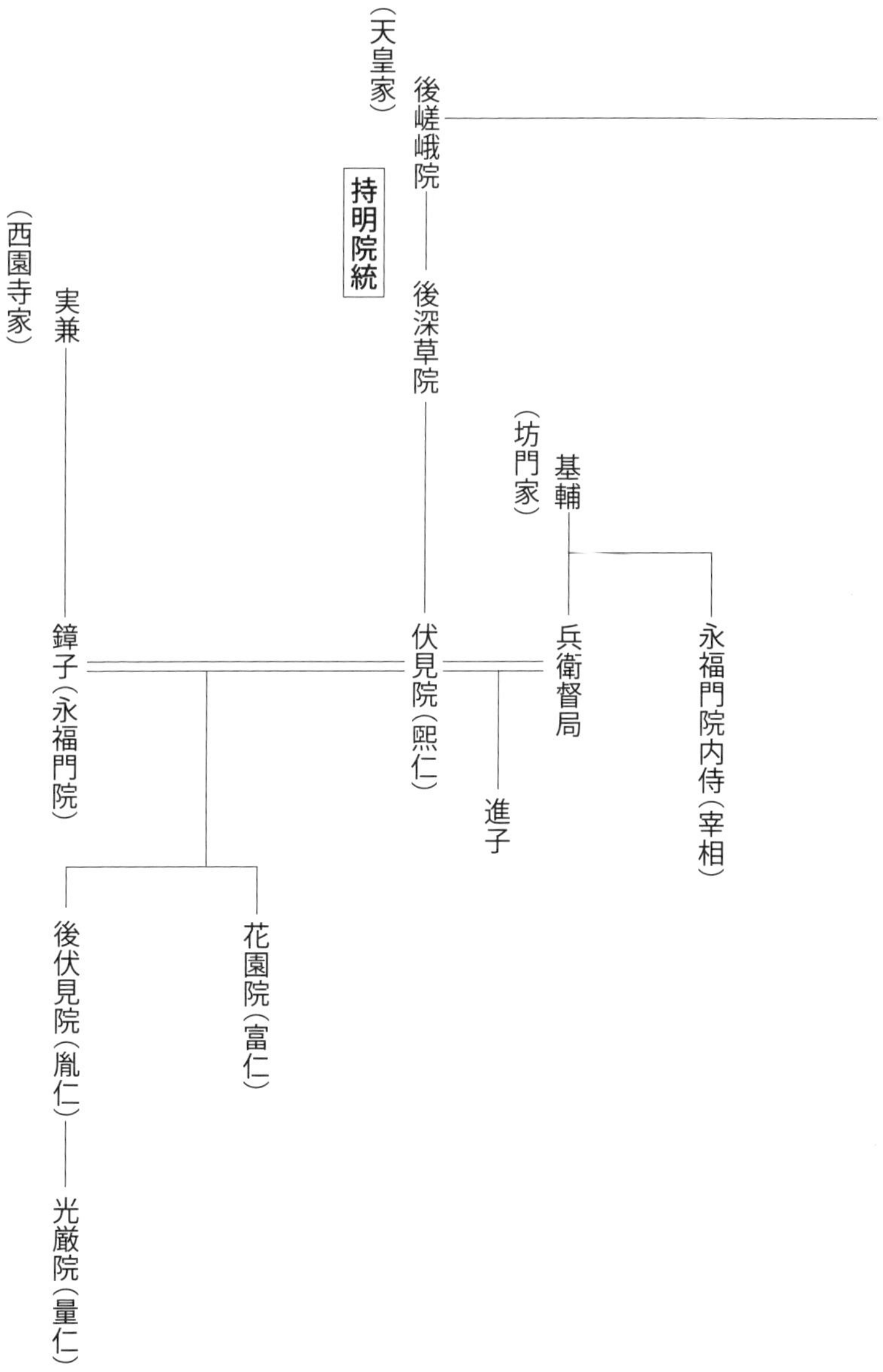
（天皇家）
後嵯峨院
持明院統
後深草院
（西園寺家）
実兼
（坊門家）
基輔
鐘子（永福門院）
伏見院（煕仁）
兵衛督局
永福門院内侍（宰相）
進子
後伏見院（胤仁）
花園院（富仁）
光厳院（量仁）

みるままに軒ばの山ぞかすみゆく心に知らぬ春や来ぬらん

私としても、今がどれほど幸運に恵まれているかは承知しておるつもりです。光厳院《こうごんいん》が足利尊氏に伴われ、無事帰洛されたと聞いた時は涙がとめどなくあふれてきたものです。のみならず、遠く播磨の国へ戦火を逃れていた私までもが呼び戻され、新たな勅撰集を編むための歌合に召し出していただける。十年前、後醍醐天皇が幕府に反旗を翻し、都が戦の只中に呑まれた時からは想像すら叶わぬことでした。

歌合に集う顔ぶれも、ほとんどが私などより遥かに若い、気力に満ちた方々に変わっておりました。だというのに、私のような老体も、かの京極為兼《きょうごくためかね》卿から直接指導を受けた者だからと、皆様、優しく労わってくださいます。

「持明院統に長らく仕えてきた女房冥利につきますね」

「長生きされた甲斐がございましたね」

そう口々に温かい言葉をかけていただけます。

つまらぬ私などには身に余る光栄だと分かってはおります。

しかし、私はあまりにも長く生き過ぎました。

終生の主と誓った永福門院鐘子《えいふくもんいんしょうし》様が昨年亡くなられたと耳にしてから、私の心は凍てついたように、何の喜びも感じ取れなくなってしまいました。

今さらこの世の春と言われても、心がついていかないのです。

本当に今の栄華を目にする資格のあった方々は、すでに皆この世を去ってしまっているではないですか。

こういうのを老いの冷や水と申すのでしょうね。

余計なことを口にして、今の若い方々の活気をそいではならないと専ら言葉は慎んでおります。けれど、こうして紙に向かうのであれば、誰に見られる心配とてなく、思いのたけを書き記すことができます。

元より非才の身。枕草子やその他日記の作者に文才で及ぶべくもありません。

その上、かつての日々はあまりにも遠く、事実の前後もあいまいで、後世どのような失笑を買うことになろうかと空恐ろしくさえあります。

しかし、私のような取るに足らない者が一人生き延びたのも、敬愛してやまないあの方々のことを書き伝えよとの神仏の思し召しではないでしょうか。そう思うことが、私の心を強くしてくれます。

ただ悪戯《いたずら》に紙を散らすだけかもしれないとしても、これより思い出せる限りのことを書き記してみようと思います。

＊

順を追って話を進めるのなら、まず私が何者かというところから語り始めるべきでしょうか。

文永六年（一二六七）の春、私は坊門基輔《ぼうもんもとすけ》の長女としてこの世に生を受けました。

坊門家は鎌倉幕府三代将軍実朝《さねとも》公の正室を輩出して以来、関東とのつながりを深めてきた家柄です。

承久の乱に際して討幕側についたかどで嫡流は没落してしまいましたが、傍流であった父基輔は官位を打ち止められることもなく従三位まで至り、鎌倉との折衝になお発言力を有しておりました。

私の生まれた当時にあっては、もはや摂政関白の地位も形骸化し、関東との直接の交渉役であった関東申次、西園寺家こそが最大の実権を握るようになっておりました。その意味では、父も有力貴族の一人であったとは言えるでしょう。

そんな家の長女として生まれ、私は何不自由なく育てられました。

思い返してみるとこの頃はただ生きているだけで、人生の何事もまだ始まっていない時代でした。

将来のことも父に任せておけば安泰と深くも考えず、花に紅葉にと心を移して一日一日をうかうかと過ごしていました。

恥ずかしい話ですが、私の人生らしい人生がようやく動き出したのは宮中への出仕が決まった二十歳のことだったのです。

当時、朝廷は二分され始めておりました。

発端は後嵯峨院が明確な後継者を告げることなく亡くなられたことにありました。

後嵯峨院には後深草院と亀山帝という二人の皇子があり、気質的には近しい弟の亀山帝の方を好んでおられたようです。

後深草院は父院の意を汲んで弟君に帝位を譲られたのですが、さしたる咎があったわけでもなく、皇統の正嫡はなお兄君の方であるとも言えました。

畏れ多い言い分ですが、もしこの時後嵯峨院が今後は亀山帝の子孫のみを天皇の位に就けると言い残してくださっておれば、その後の肉親同士の悲しい反目や内紛は起こらずに済んだのかもしれません。

けれど、後嵯峨院は後のことは鎌倉に一任するとだけ言及し、後深草院の院政とするとも亀山帝の親政とするとも言い置かれずに亡くなられてしまわれたのでした。

後嵯峨院としては後深草院への遠慮がおありだったのだろうとは思われますが、後を託された鎌倉としても非常に困惑したようです。宮中のことは宮中でお決めなさるようにと差し戻す返答があり、それからはなし崩し的に亀山帝の皇子が後宇多天皇として即位され、亀山院による院政が行われることとなったのでした。

この成り行きに後深草院は深く失望なさったのでしょう。一時は出家まで思い立たれたとのことです。

それを不憫に思ったのが時の執権、北条時宗で、両上皇の面目を考慮して後宇多帝の東宮には後深草院の皇子である熙仁《ひろひと》親王が立たれるよう定めたのでした。

この背景には、先に申しました関東申次の西園寺家当主、実兼《さねかね》卿が各所へ根回しなさったことが関わっていたようです。

実兼卿ははじめ妹御を亀山院の後宮に入内させておられたのですが、その妹御がわずか九歳であられたことが災いし、何としても寵を得ること叶わず、失意のまま宮中を退下なさっておられたのでした。

そうした経緯もあり、実兼卿は後深草院と自然結びつき、その皇子である煕仁親王の治世に望みをかけておられたのです。

私の父も鎌倉への使者に率先して立つなど、実兼卿と共に後深草院政の布石を打つため一役買っておりました。

元より亀山院の近辺には摂関家など伝統的権威を持つ旧家名家の人々が多く伺候しておりましたので、父のような傍流が栄達を目指すためには代替わりを待つより他なかったのです。

しかし、その時が実際に巡ってくるまでには、煕仁親王が東宮に立たれてからも、なお歳月が必要でした。

きっかけは唐突に訪れました。後宇多帝即位から十三年目の弘安十年（一二八七）、亀山院の御所で、とある僧の幕府への謀反の企てが発覚したのです。

亀山院は自身に叛意のないことを知らせる使者を即刻鎌倉へ送らせたそうですが、捕らえられた僧侶は処刑され、鎌倉からの使者は実兼卿と申し合わせて、東宮の即位と後深草院政の開始を通告したのです。

当時の洛中の惑乱ぶりは私も未だに覚えております。事実を確認しに使者が走り回り、東宮様の御所には名を売ろうとする群臣らが殺到して車を寄せる暇もない大騒ぎとなったと言います。

その晩、父はひどく上機嫌でした。

今後の方針などを実兼卿と相談してきたのでしょう。夜更けになって屋敷に帰ってきて、もう休もうとしていた私の夜殿を騒々しく驚かしたのでした。

「まだ起きているな!? やったぞ、ようやく我が家にも運が巡ってきた。東宮様が践祚《せんそ》なされることに決まったぞ！」

興奮と、祝い酒の影響で赤ら顔になった父を、私は幾分白けた思いで眺めました。代替わりの風聞については昼間の内から噂好きの家人たちに代わる代わる聞かされて、今更耳新しくもなかったのです。

「おめでとうございます。ずっと待ち望んでおられたことでしたものね」

「何を他人事のように申しておる！ お前にも深く関係するところのことだぞ。西園寺実兼卿は秘蔵の姫の鐘子様を中宮として入内させるおつもりだ。その時はお前が中宮付きの女房として鐘子様をお支えするのだ」

「はい？」

私としては寝耳に水の話で、何と返事をしてよいやら、言葉を失ってしまいました。

実兼卿の姫については風の噂で耳にしたことがございました。定まった中宮のおられなかった後宇多帝への入内が期待されていたにもかかわらず、父である実兼卿が決して首を縦に振られなかったために、話は立ち消えになってしまったとか。よほど妹御を亀山院に退下させられたことを根に持っていらっしゃるのだろうと口さがない者たちはそのような憶測までたくましくしておりました。

その姫が亀山院のお子ではない東宮様の許に嫁がれるというのはむしろ自然なことと納得できたものの、その女房に私をとは予想もしていませんでした。

先にも述べた通り、私は当年二十歳で、宮中に初出仕するというには些かとうが立ち過ぎておりましたし、かといって年長の女房のような世間知もまるでありません。

きっと平凡な私は、相応の婿を取り、家庭を切り盛りして一生を終えるものと漠然と将来を予想するようになっておりました。そして、父には内緒でしたが、屋敷に仕える女房の手引きで恋歌のやり取りをする相手もできていたのでした。

そのような心積もりであってみれば、いきなりこれまでの生活と打って変わって華麗な、そして同時に過酷な権謀術数の渦中である宮廷に入れと言われても覚悟が追いつくものではございません。

それに、女房となり多くの人目に触れるようになれば、恋人との関係もどうなるでしょう。

諸々のことを考えて、私が最初あまり気乗りしなかったのも当然ではないでしょうか。

しかし、父は私の奥歯にものの挟まったような態度が気に入らなかったらしく、

「今まで何のためにお前に婿も取らせず、教育を施してきたと思っておるのだ！」

と怒り出してしまいました。

父に反抗するような勇気もなかった私は、宮中に出仕することを渋々了承しました。

ですが、今にして思えばこの時の父の差配には感謝してもしきれません。

もし女房とならず、その後の多くの出会いを経験することがなかったとしたら、私の人生はあまり

に空しいものとなっていたに違いないと思うからです。

＊

女房として出仕することを半ば一方的に決められてからというもの、私の身辺はにわかに忙しくなりました。

他の女房に引けをとってはならないと父が大枚をはたいて調度品を買い込みましたので、慎重に櫃《ひつ》にしまったり、調度に見劣りしないような新しい装束を仕立てたりと前支度に大わらわとなったからです。

人手が足りず、自分の着る装束を自分で縫い取ることになったのですが、それもまた妙な心持ちで、これまで年始にすら着たことがないような豪奢な絹に触っていますと、どうしてもそれを身にまとう自分が想像できず、かえって事の現実味が薄れていくのでした。

恋人から逐一恨みの文が届いたことも私の心をかき乱しました。出仕すると聞いたが本当か、私との関係はどうするのか、しまいには私と会いたくないから女房になるなどと言い出したのだろうとまで記されておりました。

だったら忍び込んで盗み出そうとするくらいの実を見せてくれれば良いものを、それもしない男にどうしてここまで非難されなければならないのだろうと思いつつ、それでも内心は傷つきました。

そうして心ここにあらずで日々を送っている私に父は苛立ちと不安を感じたのでしょう。

実際に出仕をする前に主人に挨拶をしておくべきと、私に断りもなく実兼卿の屋敷を訪問する約束を取り付けてきてしまったのです。

礼儀としては当然のことではあったのですが、何の心支度もできていなかった私は叶うなら逃げ出したい思いでした。

中宮となられるような高貴な姫君を相手に、一体何を話せば良いというのでしょう。

行きの牛車でも父からくれぐれも失礼のないようにと念を押され、西園寺家の邸宅である北山第《きたやまだい》に到着した時には極度の緊張でがちがちになっておりました。

父は実兼卿と話があるからとどこかへ行ってしまい、私は一人、年長けた女房に案内されて北の対へと赴きました。その女房の落ち着いた挙措を見るにつけても、私などに同様の仕事が務まるかどうかと不安は募るばかりで、どこをどう通ったのかもあまりよく覚えていません。

そんな有り様で居室まで導かれてきた私はさぞや頼りなく見えたでしょうに、主となる鐔子様はにっこりと微笑んで出迎えてくださったのでした。

あれから何十年もの月日が流れても、この時の印象は鮮やかに心に残っております。

当時十八というお歳であった鐔子様は桜襲の搔い練りを着て、文机の前にゆったりと座しておられました。振り返られた拍子に艶やかな黒髪が流れ、白い額にはらりと前髪が一筋かかった様子など絵物語に見た姫君の姿そのもので、このような美しい方が現実におられるのかと私はつかの間見惚れました。

鐔子様は私のそのような不躾な視線を咎めだてなさることもなく、

「坊門基輔卿の姫ね。話を聞いた時からずっとお会いしたいと思っていたわ」

そうおっしゃった声の自然で朗らかだったこと。こちらの不安も柔らかくほどいておしまいになるようでした。

「女房というとうんと年上か、私よりも幼い者ばかりだったから、こうして歳の近い方が来てくれて本当にうれしい。ぜひ良い話し相手になってね」

今から考えれば、鐘子様の方こそ不安であられたはずなのです。

東宮様は色好みとして名高く、愛された女性は数知れずというお噂でしたから、果たしてその寵を得られるかどうか、叔母上が亀山院の後宮を後にせざるを得なかった例をご存じなだけに、一層心配は尽きなかったに違いありません。

その上、中宮として帝の治世を支えていかねばならない重責、お父上を始めとする西園寺家一門からの期待。そうした沢山のものがあの華奢な両肩にのしかかっていたのです。

にもかかわらず、あの方はそれをおくびにも出されませんでした。むしろ、無邪気な少女のように私のこれまでの生活について質問なさるのです。その心強さを思うと、未だに感服いたします。そして、この後も、幾度悲しみに見舞われようとも変わらない鐘子様の無垢なたくましさとしか呼びようのないお姿に私どもは救われていくのです。

ですが、この時の私はすっかり舞い上がってしまい、鐘子様のそうした優しいご配慮に気付く余裕もない始末で、思い返すと恥ずかしい頓珍漢な受け答えをした気がいたします。

それをも鐘子様は鷹揚に受け止めてくださり、

「そうなのね。あなたは和歌が好きなのね。だとしたらとっても心強いわ。東宮様は和歌もお上手で、側近の京極為兼卿と新風和歌というものを考えていらっしゃるそうなの。私も勉強しなくてはと思ってはいたんだけれど、なんだか難しそうで気後れしてしまって……。ぜひ一緒に学んではくださらない？」

新風和歌なるものは私にも何ら見当がつくものではございませんでしたが、それでもこのように頼まれてどうして否むことができましょうか。

私はへどもど頷き、喜んで私の手をお取りになる鐘子様の笑顔に呆然と見とれていました。

自邸に帰ってきてようやく、二歳も年下の鐘子様に万事気を遣っていただいたことに気付き、一人我が身を恥じました。あるいは私のだらしない体たらくに、西園寺家の方で失望して出仕の話も白紙に戻るのではとさえ思われましたが、後日父がうれしそうに「でかしたぞ！　鐘子様はお前が殊の外お気に召されたそうだ。この調子で我が家の面目を施すのだぞ」と報告してきた時には、何が何やら分からず、これはもう逃れ得ぬ運命なのだと観念いたしました。

荷支度の準備の合間を縫って、かつて途中で挫折してうっちゃったきりになっていた歌書に目を通し始めた私を見て、父はようやくやる気になったようだと母や兄に自慢していたそうですけれど、それは誤解に過ぎませんでした。私はまだ内心の整理もつかないままに、鐘子様の純粋なまなざしを思い出して、あれだけは裏切ってはならないという気がして、止むなく重い腰を上げただけだったのです。

＊

弘安十年（一二八七）十月二十一日、東宮様が即位なされ、伏見天皇となられました。そして、翌年の六月二日。鐘子様の入内の日取りがやってまいりました。

私も昼の内から伺候して支度の手伝いに明け暮れていました。

この日の鐘子様のお美しかったこと。濃い蘇芳の表着に燃えるような紅の唐衣を召されたお姿は、嵐山の紅葉ですら見劣りするだろうと思われました。

夕刻には多くの公卿、殿上人が供奉の前の挨拶に訪れ、その対応にも追われている内に、出立の刻限となりました。

鐘子様を乗せた唐車を先頭に、総勢十台の牛車が後に続き、私はその四番目に乗っていたのですが、物見窓からのぞき見た行列の景色は未だに忘れられません。

西園寺家の家人たちが総出で掲げる松明の炎が夜道に点々と続き、前を行く車の傍らを歩む殿上人たちの金糸や銀糸に縁どられた衣紋が時折翻っては星のように瞬くのです。

めでたくも荘厳な雰囲気に打たれ、雑務にてんやわんやしていた時には頭から抜け落ちていた、宮中に赴くのだという実感が急速に湧いてまいりました。

内裏に到着した時にはもう夜もすっかり更けておりました。朝から気を張りつめ通しで誰もがどっと疲れていて、言葉少なに荷物の運び入れに取りかかり始めた折、ふらりと御簾近くに立ち寄る人影がありました。

紙燭を持った舎人を伴っているあたり、いずれかの殿上人のお一人とは知れましたが、慌ただしく多くの人が入り乱れている最中でありましたので、どこの誰とも分かりません。私より年長の女房の方々は面倒に思われたのか、見て見ぬふりで対応にもお立ちになろうとなさいません。そこで仕方なく私が、

「……いかがなさりました？」

と呼びかけますと、相手の方は怜悧な声と堂々たる態度でおっしゃいました。

「帝より文を預かってまいりました。中宮様にお取次ぎ願いたい」

てっきり行列に参加された方で失せ物でもされたのだろうと高をくくっていた私は仰天する他ありませんでした。

使者の方は私の狼狽ぶりが御簾越しにもはっきりと伝わったのでしょう。最初の印象とはまた打って変わって温和にお笑いになると、

「大丈夫ですよ。文が人を食ったという話は古来聞かない。ちゃんと手渡しいただければ良いのです」

竹を割ったような明快なお言葉に多少救われましたが、初参りの女房がそこまで差し出がましいことをするのも許されないのは分かっていました。

止むを得ず、文を受け取るだけ受け取ると、鐔子様へお渡しする役割は女房の間で最も家格の高い一条殿にお譲りしました。

後に知ったことには、使者として訪ねてこられたあの方こそ、御年三十五歳で帝の和歌の師範であり、いよいよ政界へも精力的に参入していかれようとしていた頭中将京極為兼卿その人だったのです。

それから半年の間は、披露宴に始まり、立后の儀、大嘗会や五節の舞など祝いの席が来る日も来る日も催され、慌ただしく過ぎていきました。

そもそも宮中というものも見慣れていなかった私は打ち続く壮麗な儀式の数々に目も眩む思いで圧倒されていました。

要するに当時の私は華やかな上辺だけに気をとられて、本当の宮廷の陰の部分を思いやる余裕もなかったのです。

＊

明くる年の四月、新たに胤仁《たねひと》親王が東宮の座に就かれました。この方は昨年の三月に伏見天皇と中《なか》園経子《ぞのつねこ》様との間にお生まれになったばかりの皇子でしたが、実兼卿が強く幕府に申し入れた結果、速やかな立坊に至ったのでした。

これにより亀山院から後宇多院へとつながったのと同様に、伏見天皇から胤仁親王の代までは、後に持明院統と呼ばれる皇統が続くことが保証されたのです。

なおも日和見的に旧来の院方につくか帝に乗り換えるか旗色を明らかにしていなかった貴族たちも、これを受けて我先にと参内するようになり、内裏はいよいよにぎやかになっていきました。

ただ、稚気の抜けきっていなかった私からすると、何やら実兼卿が薄情なような、鏱子様がおかわいそうな気がしてなりませんでした。

というのも、胤仁親王が立坊なさるとすぐに、鏱子様がその養母となられたからです。

胤仁親王の実母経子様は伏見帝の東宮時代から寵愛を受けていらっしゃった方ですが、生家の中園家は西園寺家に権勢で劣り、しかも大黒柱であるお父上を亡くされて後見もいない状況でした。

それ故、胤仁親王にとっても経子様にとっても西園寺家の養子となることは将来的に見て安心でしたし、鏱子様の中宮としての面目も保たれる。円満な処置であることは確かでした。

しかし、鏱子様が入内されてから、まだ一年も経ってはいなかったのです。何年も実子に恵まれなかったのならまだしも、十九歳という若さで他人の子供の母となるというのはあまりに酷ではないか。というのが、鏱子様周辺の女房の間での専らの意見でした。そこには鏱子様が入内されてからも経子様の許を帝が三日を置かずに通い続けられていることへの無意識の反感も交じっていたのだと思います。

ところが、当の鏱子様が、胤仁親王をご覧になるなり、「まぁ、かわいい！」と文字通り目に入れても痛くない勢いで手ずからお世話をなさいましたものですから、誰も表立っては文句を言うこともできない雰囲気となったのでした。

中宮様はあまりにも無邪気すぎると陰で嘆息する女房も中にはおりました。

しかし、それこそ身分卑しい者の浅はかな考えと申すべきで、鏱子様は全てをご承知の上でかくも振舞っておられたのです。

鏱子様がただ物珍しさから皇子を可愛がっておられたのでないことは、経子様のお気持ちを絶えずお気にかけられ、少しでも皇子にまつわる話題があれば細々と文にしたためてお知らせになり、皇子にも経子様方を自由にお訪ねになるのを認めておられたことからも明らかです。

凡人には嫉妬や反目の芽生えとなるようなことも全て大きな慈愛で包み込んでしまわれるところに鐘子様の偉大さがございました。

後年、鐘子様が何気なく呟かれたことで、未だに私の心を去らないお言葉があります。

「私に子供が生まれなくて幸運だったわ」

伏見天皇と鐘子様は絶えずお心を合わせておられた、私にとって理想の一対であったのに、終生お子にだけは恵まれなかったのです。

確か右のお言葉をおっしゃられたのも鐘子様が四十を迎えた頃ですから、ご自分にはついに子供は得られないものと予感なさっておられたのかもしれません。

しかし、仕える身としてはそればかりが心残りというくらい飽き足らなく思っておりましたので、私は無暗《むやみ》に励まそうとしましたことを覚えています。

「鐘子様はまだまだお若くていらっしゃいます。鐘子様より年長でお子を授かった例だっていくらもございましょう」

すると、鐘子様は必死な私がおかしく思われたのか、くすりと小さくお笑いになると、

「違うの。本心から思っているの。だって、そうでしょ？　もし私に子供がいたら、やっぱり自分の子供を一番に可愛がってしまったと思うもの。それはとっても残念なことだわ。胤仁や他の皇子たちの可愛いところも、優しいところも知ることができなかったってことでしょう？」

伏見天皇は風雅の人らしく、その御生涯で多くの女性を愛されました。お子を授かった方だけでも

十人以上いらっしゃいます。

それでも鐘子様が伏見帝の一の人として、決してその地位を揺るがされることのなかったのは、鐘子様のご愛情が、帝の関わる全ての人に、深く平等に注がれていたからでしょう。

生き馬の目を抜く宮廷で、誰に対しても善意で接するというのは危険なことでもあります。利となる他人にだけ取り入って小器用に立ち回る方が利口と見なされる場合もあるでしょう。あまりにも善人だと人に知られると、侮られる原因ともなるということは枕草子にも書き残されている通りです。

けれども、本当の意味で誰かから信頼される人というのは、私欲だけに捉われない純粋さを持ち続けている人ではないでしょうか。

そして知性を持ちながら、なおも善良であり続けるためには、何よりも勇敢さが必要です。

鐘子様は私の知る限り、最も勇敢な女性でした。

＊

そのことを最初に思い知ったのは、鐘子様が胤仁親王の養母となられた翌年の三月に起こった、とある事件に際してでございました。

九日寅の刻、まだ多くの人々が寝静まっている暁方のことでした。

にわかに内裏が騒がしくなり、人声と足音に驚かされて局の外を差しのぞきますと、火の番をしているはずの女嬬《にょじゅ》が血相を変えて切迫した状況を伝えに来ていたのでした。それによると、鎧を身に着けた武士が四人内裏の西から侵入し、帝を探しているとのことでした。問い詰められた一人が機転を利かせてあらぬ方角を教えたおかげで、もうしばらくの間は帝と鐘子様のおわす夜の御殿を見つけるのに時間がかかりそうだとは言うものの、それもそう長い猶予ではなかったでしょう。私どもは速やかに寝ている者を起こし、手分けをして避難のために動きました。

中務内侍殿は三種の神器を取りに走り、他の者も持ちうる限り重代の宝物を携えて逃れました。

私は夜の御殿に参じ、帝と鐘子様に事態の急を報じました。お二方とも流石に呆然とされたご様子でしたが、すぐさま危急を理解なさると、宿直を務めていた殿上人と避難についてご相談なさいました。

「何処に逃れるのが良いか」

「ここからならば帝のお母上、玄輝門院《げんきもんいん》様のおわす春日殿が一番近うございましょう」

その進言に頷かれ、御帳台を立たれようとした帝を引き留めなさったのは鐘子様でした。

「お待ちください。賊が入り込んだ者だけとは限りますまい。もし内裏の外を囲まれていれば、そのままのお姿ではすぐに見咎められてしまいます」

そうおっしゃるお声の凛々しかったこと。

早く帝を安全な場所にお連れせねばと、それればかり焦っていた私どもは、鐘子様の冷静なご指摘にそろってはっとさせられたのでした。

ならば身をおやつしいただこうと几帳に掛かっていた女物の単衣を上からお召しいただき、粗末な唐衣で龍顔《りゅうがん》をお隠ししたのです。

先導する侍の松明の光を頼りに徒歩にて内裏を抜け出す際の心持ちは、必死という他ありませんでした。

幸いにも賊が大勢で待ち構えているということはなく、無事春日殿まで逃げおおすこと叶いました。ですが、どこに賊が潜んでいるかも分からない疑心の目で道を眺めますと、見慣れた都が未知の場所の如く、葉を揺らす風の音すら恐ろしいのです。正直に申しまして、私はただ逃げていただけでした。いざという時は身を挺してもお二方をお守りするのが責務とは承知しておりましたが、もし敵と対面していたならば、恐れおののき、きっと何もできてはいなかったでしょう。

春日殿にたどり着いた時も、それまで張りつめていた糸が急に途切れて膝の震えが止まらず、動けなくなってしまいました。本来ならば帝の御座をしつらえるため、すぐにでも動き出さなければならなかったのですが、命を落としていたかもしれないという事実が遅ればせながら迫ってきて、怖くて怖くて階隠《はしかく》しの廊下にうずくまって立ち上がれずにいました。

そんな時、手を差し伸べてくださったのが鐔子様でした。そのお手は氷のように冷え切っておいででしたが、それでも力強く私の手を握ってくださったのです。

「大丈夫よ。夜討ちをかけるような不埒な賊に天がお味方なさるはずがないわ。じきに六波羅にも知らせがいって、援軍が駆け付けるに決まっています。だから、あなたに危害が加えられることは絶対にないわ」

この時、私は心底から鐔子様を尊敬しました。

一昨年までは十八歳の、一人の少女だった方が、中宮として、私どもの主人としてあくまで気丈に振舞おうとなさっている。

私はそこに単なる育ちの良さなどでは説明のつかない、この方の魂の美しさを垣間見た気がしました。

事実、事態は鐘子様がおっしゃった通り、すぐさま鎮圧されました。御所の警護にあたっていた侍たちには何人もの負傷者が出ましたが、賊は結局最初に報告のあった四名しかおらず、六波羅から急報を聞きつけた武士が到着するに及んで、多勢に無勢と観念したのでしょう、からめとられるより先に自害したということでした。

後日、より詳細な検分によると、犯行に及んだのは浅原何某という武士とその郎党で、元々は御家人安達泰盛《あだちやすもり》の配下だった者どもだと分かりました。先の弘安八年（一二八五）に起こった霜月騒動で安達一族が滅亡しますと、浅原も所領を召し上げられ、腹いせに諸国の荘園を荒らして回り、お尋ね者となっていたとのことです。

発覚したのがこれだけの事実であったならば、諸国で徐々に増加しつつあった悪党の乱行の一環として片付けられていたことでしょう。

ですが、疑惑はより大きな問題として発展していきました。

というのも、その浅原が自害に用いた刀というのが、亀山院方の廷臣であった三条実盛《さねもり》卿が日頃持っておられた鯰尾《なまずお》という名刀だと判明したのです。

一介の賊の犯行と見せかけて、伏見天皇の御世の転覆を企んだ、亀山院方の謀り事であった可能性が浮上して、洛中はにわかに動揺しました。

亀山院はすぐさま幕府へ事件には無関係である旨の親書を送付なさり、後深草院は実の弟君に疑惑の目を向けられることを悲しまれたため、それ以上の詮議は沙汰止みとなり、真相は迷宮入りとなりました。

けれど、私は亀山院御自らの指図はなくとも、臣下のどなたかの手引きはあったものと思っておりましたし、大部分の都人がそうであったでしょう。

それほどに亀山院方がお住まいの大覚寺の御所の寂れゆく様と、華々しい内裏の賑わいとの対照は誰の目にも明らかであったからです。

ですが、皮肉にもこの事件をきっかけに、御所の名をとって大覚寺統と呼ばれた亀山院方の再起の目はほぼなくなりました。

後深草院も年来の素懐であった出家を遂げられ、完全に政界を退かれましたので、いよいよ伏見天皇の親政が始まることとなったのです。

＊

一方の私はといえば、そうした周囲の期待に華やぐ雰囲気とは反対に、このまま出仕を続けるべきか悩みの渦中にいました。

何故かと問われればお恥ずかしい話なのですが、先の襲撃事件をきっかけに、すっかり宮中に居続ける自信を失ってしまっていたのでした。

まず、宮中にあって、そうした命の危険にさらされるという頭のなかったこと。それが第一に私の愚かだった点でした。冷静に考えれば内裏こそ鎌倉以上に高度な政治の場なのであってみれば、力での解決に訴え出てくる者が現れるのも当然想像していて然るべきでした。

しかし、都を舞台とした承久の戦も昔話となり、血なまぐさい戦など遠い国でのみ起こること、後宮の、まして中宮付きの女房が巻き込まれるなどあり得ないと、端的に申し上げると、平和呆けしていたのです。

それと比して周りの人々の対応は、こちらが恥ずかしくなるほど水際立ったものでございました。雑務をこなす下級の女嬬ですら、自らの機転で賊から帝が逃げおおせる時を稼ぎました。その他の方々も前もって申し合わせなど何もしていなかったにもかかわらず、それぞれが命懸けで神器や宝物を守り切りました。

この違いが何に因るものかと考えれば、女の身であっても帝や鐘子様に仕える臣下であるという自覚があったかどうか以外に思いつきませんでした。

皆様が現実を見据えている中に、ただ一人、物語か何かの空想で遊んでいる小娘が混じっていたようなものです。

私は深く我が身を恥じ、女房とは、父の言いなりになっているだけの、これといった覚悟もない人間が務めていい役職ではないという思いに捉われたのです。

加えて、私にはもう一つ気がかりなことがございました。

前にも記した恋人のことです。私が宮中に出仕することに猛反対し、女房になって以降はすっかり文のやり取りも途絶えていたというのに、一年が経ってまたにわかに文を書き送ってくるようになったのです。

やはりあなたを諦めきれない、一目でいいからお会いしたい、実家に戻ってくる機会があったら教えてほしいなどと、以前の薄情な書きぶりを忘れたようにかき口説いてくるので私は些か呆れました。しかし、同時に女房を辞めるべきか迷っていた私にとっては心惹かれる言葉でもありました。

そうした経緯で心が揺れていたある日のこと、庭から三度口笛が聞こえました。これが例の男の使いである小舎人童が忍んで来たことを知らせるお決まりの合図でございました。そこで私は遣り戸口の掛け金を確認しに行く振りをして、いつものように文を受け取りました。

ところが局に戻って文の中身を開いてみますと、確かに男の筆跡には違いないのですが、何やら身に覚えのない文面が多いのです。もしやと思い、宛名を確かめてみれば、そこには私の名とは別の、帝付きのさる女房の名が記されてあったのでした。

おそらくは使いの少年が手渡す際に取り違えたのでしょう。

しかし、そのお陰で男の魂胆を知りました。

かつてはどんな良家の子女であれ、宮仕えなどして変に世慣れた娘よりは、純真な深窓の令嬢を北の方に迎えて大切に世話したいなどと言っていた男が、一体どんな宗旨替えをしたものかと不思議に思っておりましたが、謎が解けてみれば単純な話でした。

例の襲撃事件以来、俄然安泰となった伏見天皇や鏱子様の知遇を得るため、どうにかしてお二方と近しい女房と慇懃を通じておきたかったのでしょう。

というのも、男は元々どちらかといえば大覚寺統に近しく、そのせいか今年の除目でも官位の昇進が滞っていたのを、宮中に勤めているだけに私は知っていました。

信条を曲げるほどに私を諦めきれないのかと思えばこそ、こちらの心も揺らいだのです。

ですが、それは自分が窮したところから来る、調子の良い甘言に過ぎませんでした。

一時でもそれを信じたことが悔しく、襲撃で感じた恐怖をこんな男に吐露して、そのおざなりな慰めに甘えていた自分を思い返すと、今までの文全てを取り返したいくらい激しい羞恥に駆られました。

私からの返事を待って、まだ遣り戸口に控えていた少年には、男からの文をそのまま丁寧に包み直して渡しました。その後、男がどうしたか私は存じません。それっきり文のやり取りはぱったりと止んでしまいましたから。

初めは怒りのあまり、彼からの文は全て破り捨ててしまおうとさえ思ったものでしたが、だんだん頭が冷えてくると、自分の情けなさばかりが身に沁みて、物に当たる気力もなくなってしまいました。

女房を辞して今更あの男の北の方に収まろうなどとはなんと甘い夢を見ていたことでしょうか。もはや私自身の価値など中宮付きの女房であるということ以外何もなくなっていたのです。

もし女房の職を辞したいなどと申し出れば、私に一家の命運を賭けたつもりでいる父は確実に激怒し、勘当するとでも言い出しかねません。

そうなれば、もはや誰からも一顧だにされず、路頭に迷う他に道はなくなるでしょう。

若気の至りの極端な思い込みと笑われるかもしれませんが、当時の私には本当にそうした悲惨な未来しか想像できなかったのです。

そしてそれが嫌だといっても、女房であり続ける自信は到底抱けそうにもなかったのです。

私は前途が全て閉ざされてしまったような暗然たる気持ちになり、局の内で力なく涙を流しました。

そんな時でした。折悪しく鐘子様の御前に参上するよう呼び出しがかかったのです。

御前に出られるような心境ではとてもなかったのですが、直々の御指名とあっては否むわけにもいきません。

私は速やかに涙を袖で拭って、鐘子様の許へ参りました。

私が障子を開けて進み出ると、鐘子様は待っていたとばかりに振り返って私の女房名をお呼びになりました。

「宰相、急に呼び立ててごめんなさい。……って、あら？」

極力泣き腫らした瞳を気取られないように面を伏せていたのですが、鐘子様はすぐに真剣な表情へと変わられ、

「ごめんなさい。しばらくの間、宰相と二人きりにさせてはくれないかしら」

と他に御前に伺候していた大勢の女房を皆局へと下がらせてしまわれたのでした。

「……さて、これで誰にも聞かれる心配はなくなったわ。どうしたの？　他の誰かに意地悪でもされた？」

問われて、私は慌てて首を横に振りました。まさかこんな大事になるなんて。そんなに分かりやすい顔をしていただろうかと単純な自分の表情を恨みました。

見抜かれてしまった以上、下手に誤魔化せば本当に嫌がらせがあったものと、あらぬ疑いを呼びか

ねません。それだけは何としても避けたいことでした。

私は観念して、女房を辞したいなどと悩んでいたことは避けつつ、男との間に起こったやり取りを初めから鐔子様に語りました。

なるべく湿っぽくならないように、まんまと利用されかけて馬鹿な女でしたね、くらいの笑い話として語ろうと心掛けたのに、話しているうちに自分でもよく分からない涙が込み上げてきて止まらなくなってしまいました。

歯の浮くような男の言葉を頭から信じていたわけではありません。けれど、それが丸きりの嘘であったと突きつけられてみると、胸の内の大事な部分を踏みにじられたようで、ただただ悲しかったのです。

「す、すみません、お見苦しいところを……」

私は制御しようのない涙に慌てて御前を退こうとしました。

すると、温かく、優しい香りに不意に全身を包まれました。

鐔子様に抱きすくめられているのだと気づいた時の狼狽は今でも覚えております。

「しょ、鐔子様、お召し物が汚れます……！」

「関係ないわ。私の大事な臣下が傷ついているのだもの」

そのお言葉があまりに何のてらいもなく、率直なものだったので、私の心の壁は瞬く間に崩れてしまいました。

取りすがり泣く私を、鐔子様は辛抱強く待っていてくださいました。

「……落ち着いた？」

ようやく泣き止んだ私に、鐔子様はこうも尋ねてくださいました。

「それにしてもひどい男がいたものね。帝にお伝えして今後宮廷に近づけないようにしてもらいましょうか」

鐔子様も冗談でおっしゃったのでしょうが、私は強く首を横に振りました。

もはやその時にはあのような男の存在などどうでも良くなっていたからです。

それよりも私は自分の中に新たに芽生えてきた思いにすっかり心を奪われておりました。

この方にお仕えしたい。

それこそが私が女房となる上で欠けていた、最も大切な思いだったのでしょう。

自信の有無など関係ない。この方以上に信頼できる主人など、たとえ男であってもあり得るはずがない。

そう感じたからこそ、私は次のように返事をしていました。

「……いいえ、大丈夫です。それよりも宮廷の隅に置いておき、私が鐔子様の許で出世していくところを見せつけてやりたいと思います」

すると、鐔子様もお笑いになって、

「それでこそ私の臣下よ」

とおっしゃってくださいました。

間の抜けた私はそこに至ってようやく主人に大変な無礼を働いていたことを思い出し、慌てて鐔子様から離れました。

「す、すみません、すぐにお着替えを取ってまいります！」

しかし、鐘子様は取り乱す私に落ち着くよう鷹揚な身振りで示されました。

「そんなに急がなくても大丈夫。それよりも実は元々あなたに相談したいことがあって呼んだのよ。帝が新風和歌に凝っていらっしゃるって話は以前にもしたでしょう。それについて興味があると申し上げたら、京極為兼卿がわざわざ時間を取ってご指南くださるというの。でも、難しいことを一度に理解する自信はないし、たった一人で教わるというのも心細いから、あなたにも同席してもらいたいのよ。無理に、とは言わないわ。つらい気持ちがすぐに収まるとは思わないから」

私はまたもや泣きそうになりました。

私が初めてご挨拶に伺った時に和歌が好きだと語ったのを覚えていて、お声がけくださったのでしょう。

新風和歌については相変わらず無知のままでしたが、私はその場でぜひお伴させてくださいと申し上げました。

＊

こうして私は女房を続けることとなり、新風和歌について知る、その入り口へと立ったのです。

約束の日の午後、私と他二人の女房は連れ立って鐘子様の御前に参りました。

鐘子様は前もって用意しておられたらしい歌書の写本を手元にずらりと並べ、緊張したご様子で為兼卿の来訪を待っておられました。

伏見天皇は博学多才として東宮時代から名を馳せておられた方ですし、京極為兼卿といえば和歌の家の嫡流ではないにもかかわらず、その実力によって伏見天皇第一の寵臣として信頼を集めておられる人物。

そのお二方が熱を上げて取り組んでおられるのが新風和歌だったのですから、一体どんな難解な歌論を理解せねばならないか知れたものではございませんでした。

鐘子様の面目を失うような失態だけは何としても避けなければと思うにつけても、私どもも肩に力が入るのを如何ともできずにいました。

ところが、御前駆が来訪を告げ、しばらくしてから廂の間に姿を現した為兼卿は秘伝の書物どころか、筆の一本もお持ちではない身軽な装いだったのでした。

加えて私どもの予想外であったのは、為兼卿が伴ってきたその人物で、それは他でもない為兼卿の姉君であり、鐘子様に仕える女房の筆頭格、典侍でもあられる京極為子《きょうごくためこ》殿でございました。

昨日のまだ早いうちから所要のためと申されて御所を退出しておられた為子殿が、こうした形で帰ってこられるとは鐘子様もご存じなかったのでしょう、呆気にとられたご様子で、私どもとしても御簾の内にお入れすべきか、それとも廂にまた別の席を設けるべきか迷いました。

そうして私どもがまごついておりますと、為子殿が御簾の外から鋭い眼光でお睨みになって、

「今の私はあくまで弟の補佐役に過ぎませんから、敷物一つあれば結構です」

そうきっぱりとおっしゃるので、本来なら上げ畳なども運んでくるべきだったのでしょうけれど、仰せに逆らうこともできず、円座《わろうだ》一枚差し出すだけに留まりました。

為子殿は当時四十三歳。自他双方に対して厳格な方で、諸事に通じ非常に頼りになる方でもあられたのですが、何分鐘子様付きの女房の中では年長で、その上、女房同士の世間話にはほとんど混じらず、暇さえあれば書物に目を通しておられるので、私などは近づきがたい、恐ろしい印象を抱いてもいたのでした。

一方の為兼卿はといえば物事を見通すような鋭いまなざしは流石為子殿と似通っておられるものの、人柄としてはむしろ飄々として、口元には絶えずいたずらっぽい笑みを浮かべておられるので、為子殿と並ばれると三十七というお歳にはとても見えない、少年然として映るのでした。

この時も為子殿の登場に面喰った私どもの様子を為兼卿は大層お喜びになって、

「いやぁ、驚かせして申し訳ない。後宮の様子を知りたかったので、姉をお借りしていたのです。何でも本日聴講されるのは腕に覚えのある女房ばかりとか。こちらとしてもどんな歌を詠まれるのか、非常に楽しみですよ」

知らぬ間に話に尾鰭が付いており、私どもとしては恐縮するどころの騒ぎではありませんでした。私も他の二人も単に和歌に興味があるというだけで、公の歌合の場にも参加したことのない、ずぶの素人だったのですから。

無論、為兼卿はその程度のことは先刻ご承知で、わざとそうおっしゃったのでしょうけれど、そうとも知らない私どもは軽々にこんな場に参加しようなどと申すのではなかったと後悔しながら一層身を固くしておりました。

為兼卿は挨拶もそこそこに切り上げると、次の如くおっしゃいました。

「早速始めましょうか。……そうですね、折角初夏の良い日和でもありますし、時鳥《ほととぎす》という題でそれぞれ一首詠んでいただいてもよろしいでしょうか」

指導に入る前にまず各人の実力を確かめておこうということなのでしょう。そう理解した私どもは冷や汗をかきかき、どうか馬脚を露わさずに済みますようにと祈りながら、一首を短冊にしたためました。鐘子様も幾分か強張った面持ちで筆を走らせておられたように記憶しています。

全員が詠み終えると、為兼卿は短冊を回収し、目を通されました。

その際、満足気に頷く気配を示されたので、合格だったのだろうかとほんのつかの間嬉しくなりました。

「ありがとうございました。まずは中宮様の御製から詠み上げさせていただきますね……」

そうして順々に披露された歌は、私からすると何の不自然さも感じないものでした。時鳥という題の定石を踏まえて、夜闇の奥から雨音に紛れて妻恋う鳴き声が聞こえてくるという内容を四者四葉に歌っておりました。悪く言えば似たり寄ったりの、技巧的には珍しくない歌だったかもしれませんが、いきなりその場で出題されたのですから、こうなるのも致し方なかったでしょう。十分なものが詠めたと私は納得しておりました。

ですから、講師のお二人の間で次のような会話が交わされるのを聞いて、文字通り度肝を抜かれたのです。

「姉上、どう思われます？」

「とても退屈な歌ですね」

我と我が耳を疑いました。不可のない歌を一刀の下に切り捨てられたこともそうですが、何よりその中には鐘子様の御製も含まれていたのです。常に典侍として鐘子様の顔を立て、礼節を欠かしたこととてなかった為子殿のものとも思えぬお言葉。思わず血の気が引きました。

為子殿のにべもない返答と聞くと、為兼卿は面白そうにお笑いになり、

「いや、失礼いたしました。しかし、こうなるのも当然と私どもは思っておったのです。何せ、当代では題の心を重んじ、先例に則って詠むものが和歌とされているのですから。むしろ、皆さんがよく勉強なさっているのが分かって感心いたしましたよ。試すような真似をしたお詫びといってはなんですが、今度は代わりに私の自作を披露いたしましょう。直近の作の中でも特にお気に入りのものがあるのです」

そうおっしゃって、為兼卿は朗々と詠じられました。


荻の葉もよくよく見れば今ぞ知るただ大きなる薄なりけり

私どもはまたもや呆気にとられました。

そこにはもはや歌意と呼べるものもございません。

荻の葉かと思ったら薄だったと言っているだけなのです。これならまだ下々の者たちがたわぶれに

作る連歌の方が、笑いを催す点では工夫がなされているとも言えたでしょう。

私どもは返す言葉に窮し、互いの顔を見遣ってあいまいに笑いました。てっきりまた為兼卿が悪戯心を起こして冗談をおっしゃっているのではないかと疑ったのです。

ですが、為兼卿は柔和ながらも大真面目な声色で、

「いかがです？」

とお尋ねになるのです。

流石の鐔子様も答えに窮されたと見えて、直接歌の感想には言及なされず、

「……これが帝もご執心の、新風和歌なのですか？」

と問いを返されました。

「左様です」

為兼卿が何食わぬ顔でおっしゃると、鐔子様は考え込む風にうち黙ってしまわれました。

鐔子様はどれほど理解の及ばぬものであれ、帝が心服なさる以上、そこには深甚な意味があるものと一途に信じておられたのでした。

そんな鐔子様の傍らで、一介の女房が余計な不満を漏らすことなど許されるはずもありません。

他二人の女房たちはそうした御気色を見て取って、口々に、

「あ、新しいですわね！」

「確かにこれまでの和歌とは全く違います！」

と調子を合わせたものでした。

しかし、私にはどうしても鐘子様の御製より為兼卿の作が優れているとは思えませんでした。私がこれまで見聞きし、素晴らしいと胸を躍らせた和歌の持つ美しさも情趣も何もない。これを優れていると認めては、和歌がそれこそうち萎れた枯れ尾花となってしまう。そんな気さえして、口が裂けても褒めたたえようという気持ちにはなれなかったのです。

ですから、為兼卿から直々に、

「宰相殿はいかがですか?」

と尋ねられても、言葉を返すことができませんでした。居並ぶ女房たちから早く答えるように思われていることは分かっていましたが、どうしても嘘をつくことはできなかったのです。

「……ご不満そうですね」

為兼卿が低い声でおっしゃるのを聞いて、私はそのまま退座させられるのだと覚悟しました。

ところが、次の瞬間には元の明るい声に戻られて、

「それも当然です。今のは私の作の中でもとびきりお気に入りの駄作なのですから」

そうおっしゃられたものですから、私どもはまたぽかんと呆けてしまいました。

「……改めて聞いても酷い歌」

為子殿が吐き捨てるようにおっしゃり、為兼卿は頭に手をお遣りになりました。

「ははは、流石に姉上は手厳しい。しかし、誤解しないでいただきたいのは、皆さんを愚弄したくて今の歌を披露したわけではないのです。私どもの理念と、それがまだ試行錯誤の途上にあることを理解していただくためには、この例を引くのが一番早いのでね」

「理念、でございますか」

鐘子様がお尋ねになると、為兼卿は強く頷かれました。

「おかしいとは思われませんか？　生まれも育ちも違う四人が、時鳥の和歌を詠むとほとんど同じ内容になる。そして、私は今の時節柄にふさわしいと題を選んだのに、どなたも外の景色に目を遣ろうとはなさいませんでしたね」

それは確かに指摘された通りなのでした。

しかし、それで良いのだとも思っておりました。和歌とは元来そうしたもの。何よりもまず先行する作例から大きく外れないようにする。そういう詠み方こそ重要なのだと。

「それが第一の思い込みなのです。まぁ、そう詠むように教えられてきたわけですから、皆さんに罪はないのですけどね。考えてもみてください。万葉の歌人たちが生きていた頃は先行する歌も、決まった歌の題も存在していなかったのです。では、どのようにして和歌を詠んでいたのか。答えは、心でです。歌人それぞれが心に従い、心に響いた感動を功まずして歌ったからこそ、今なお新鮮さを保ち、後世まで語り伝えられる作品を残すことができたのです」

為兼卿はご自分の言葉がよく浸透するのを待って、話を続けられました。

「一方で、何故当代ではこのように窮屈な詠み方ばかりが蔓延しているのか。それには根本的な、当代の公家社会の構造が関係していると私どもは考えています。現在、宮中の技芸は蹴毬であれ、雅楽であれ、かつて名人を輩出した家の嫡流が家元として一切を牛耳る形となっています。その権威の源泉はどこかと言われれば、名人の教えを直接相伝しているからというところになりましょうが、私はこれは大変不合理だと思う。理由は明快で、名人の子が名人になるとは限らないからです。いくら名人の教えを受けても凡才であれば無駄でしょう。ところが既得権益を手放したくない連中はこうした不合理を押し通し、他人にもひたすら先例をなぞることを強要しています。そうしておけば自分たちが安泰で、何よりも楽だからです。誰より芸道に精進すべき人間が保身にばかり汲々としている。これは恥ずべき怠慢です。帝も私も現状を変え、和歌が本来持っていた自由な心の働きを取り戻そうとしている。すなわち、精神の改革を目指しているのです」

思いもかけない話の成り行きに呆然とする私どもを見渡して、為兼卿は微笑まれました。

「まぁ、そんな大げさな物言いだけしてもよくお分かりいただけないでしょうから、実作例を一つご紹介いたしましょう。様々な書物を逍遥する中で発見した、私どもの理想の一つの形です。この歌を知った時、私は思わず祈りたくなりました」

あかあかやあかあかあかやあかあかあかやあかあかあかやあかあかや月

「これは栂尾《とがのお》の明恵《みょうえ》上人がお詠みになった一首です。亡くなられたのが貞永元年のお人ですから、今からまだ六十年前。何も万葉の古代にまでさかのぼらなくても、当時は自由な心に従って和歌を詠むことのできる人が残っていたのです。煩瑣《はんさ》な言葉の制限も難解な技巧も一つもないのに、はっとさせられるような美がある。夜空にたった一つ澄み渡る月の美しさとそれを讃える詠み手の心情が率直に伝わってきます。明恵上人に和歌の深奥を伝えた西行法師のお言葉に次のようなものがあります。歌とは、虚空に虹がかかるように、心を彩ったものを縁に従い興に従い詠むものだ、と。私どもが復活させたいのもそのような精神なのです」

そう語って、為兼卿は一息つかれました。

「ここまで話せば、何故私が七面倒くさい理念なんぞの話から始めたかも分かっていただけたでしょう。私どもの目指す和歌は単純に言葉の上辺を真似ただけでは不十分なのです。例えば、先ほどの明恵上人の歌をもじって、さやさやや笹などと言ってみても冗談にもならないでしょう。そして、私の駄作のように見たままをただ詠めばいいというものでもない。詠み手の率直な心と表現の美しさを両立するのは、口で言うほど簡単なことではないのです。正直に申して私も姉も、帝でさえもまだ道半ば、試作の途中にあります。それでも目指す方角は間違っていないと信じている。ですから、今日お集りいただいた皆さんには志を同じくする同志となっていただきたいのです」

*

七十余歳まで生き長らえてから省みると、この時の為兼卿の弁舌が多分に政略的なものを含んでいたことは認めざるを得ません。

当時、和歌を家芸とする家は三つに分裂しておりました。

為兼卿と為子殿の京極家、嫡流の二条家、そして冷泉《れいぜい》家です。

いずれも元をただせばかの高名な藤原定家卿の子息為家卿に端を発する家柄なのですが、亀山院を中心とする大覚寺統の治世下では、嫡流の二条為氏《ためうじ》卿ばかりが重用され、為兼卿のお父上である京極為教《ためのり》卿は思うに任せぬ低い地位に甘んじることとなりました。元々不仲であった為氏卿と為教卿との対立は根を深くしていき、その反目は弘安の頃、頂点に達しました。

折しも、亀山院が続拾遺集の勅撰をお命じになり、その選者に為氏卿が任じられたのです。その結果、続拾遺集には為教卿が七首、為兼卿が三首、為子殿が二首と、京極家一門の歌はほとんど入集しない形となってしまいました。

これを嘆いた為教卿は為氏卿の帰宅する車を追いかけて、今までの非礼を詫び、二度と二条家に逆らわないと誓いを立てられたそうです。それでも、待遇の改善は見込めず、亀山院に直訴して、自分の七首を減らしてでも息子たちの入集数を増やしてほしいと嘆願なさったといいます。しかし、そうした訴えは全て無視され、見るに堪えない醜態であると笑いものにされただけで終わってしまいました。

失意の底に堕とされた為教卿は、この数か月後に憤死なさったということです。

お父上の無念の死について、為兼卿が口にされることはございませんでした。ですが、忘れがたい傷となってご姉弟の胸に刻まれているのだと為子殿からお聞きしたことがございます。

「父は歌人としては凡才でしたし、進退窮まって敵に頭を下げるなど政治家としても無能でした。ですが、一人の親としては……父は優しい人でした。誰よりも私たち姉弟の才能を信じ、自分のことは二の次にして私たちの将来ばかり案じていた。少なくとも陰険な保守派の連中の笑いものにされて、悲しく死んでいくような、そんな死に方をするべき人ではなかったと私たちは信じています」

右のような思いを秘めておられたお二人にとって、持明院統の伏見天皇が即位なさったのは、まさに待ちに待った機会だったでしょう。これまで歌壇を牛耳ってきた二条家に反旗を翻し、京極家の名誉を回復する。そのためには天皇のみならず、中宮である鏱子様も味方につけておく必要があります。

それだけに鏱子様や取り巻きの私どもを勧誘する為兼卿のお言葉が熱を持ったのは当然と言えば当然でした。

しかし、背後にどんな計算があったにせよ、為兼卿の弁舌は私どもの胸を打つ真剣なものでした。それに何より、そこには未来がありました。

今のような煩雑な作法に縛られて、間違いを犯すのではないかと冷や汗を垂らして苦吟するのではなく、誰もがもっと自由に心のまま歌い、表現することのできる和歌。

そんな夢を語る為兼卿と、一方でそうした為兼卿をいたずらに批判するばかりで歩みを止めている二条家の歌人たちと、どちらが魅力的かなどわざわざ申し上げるまでもないでしょう。

政治的な背景を抜きにしても、伏見天皇は為兼卿を選ばれ、私どもも一緒になって新風和歌の探求に身を投じていったに違いないと今でも確信しております。

＊

それからの十年は、新風和歌にとっても、私にとっても青春時代と呼べるような、せわしなくも楽しい日々でした。

勿論、手探りで自分たちだけの歌風を確立しようというのですから、一筋縄ではまいりません。その度に為兼卿が突飛な修練法を考えてこられ、帝から女房に至るまで皆で一緒になって取り組むのです。

その全てが望んだような成功を収めたわけではありませんが、おかげで御所の内にはいつも新鮮な驚きがあり、今度はどんなことをするのでしょうと鐘子様とも度々話し合いながら、次の歌の催しを心待ちにしていたものです。

中でも面白かったのは後撰集の恋部や和泉式部集に記載された詞書を借りて、そこに描かれた恋愛の登場人物に成り代わって歌を詠んでみるという試みだったでしょうか。

例えば、一度でいいからどうしても会いたいと言い寄ってくる男があった時にという詞書に対して、鐘子様が、

ひとたびとささこそはやすく思ふとも長き嘆きとならじ物かは

ただ一度の逢瀬が却って尾を引く長い嘆きとならないものでしょうかと突き放す歌をお詠みになると、またそれに対して伏見天皇が、

ながからん嘆きは誰もかなしけれどせめてわびぬる身とはしらずや

嘆きが深まることを覚悟の上で切に訴えている思いを汲んではくれないのかと返歌をなさるのです。

暗喩ばかりで装飾的となっていた恋歌を、より真に迫ったものに変えていくための実験でした。同様に写実性を高めていく訓練は、叙景歌の方面でも繰り返されました。

鐘子様のご実家である西園寺北山第をしばしば遊山のために訪問しては、実景から和歌の題材を探したのです。

元より名園として知られる北山第には四季折々の花が咲き乱れ、一年を通して見どころのない時がありませんでした。

花の宴では池に船を浮かべて、水面に散る花びらを追いながら過ぎ行く春を惜しみ、中秋の節句では、月明かりで雪のように光る玉砂利の庭を眺め、夜もすがら虫の音に耳を澄ませるなど、当時のことは一幅の絵巻物を見るように思い返せます。

あの頃が平和に遊興にふけることのできた、言わば最後の時代だっただけに、なおのこと懐かしく思い出されるのでしょうか。

このような恵まれた環境にあって、新風和歌の秀作と呼べるようなものも徐々に生まれつつありました。

為兼卿の、

咲き満てる花の香りの夕附日霞みて沈む春の遠山

鐔子様の、

昔よりいく情けをか映しみるいつもの空にいつも澄む月

などがそうでしょうか。

前者には濃密とも言うべき優艶な気配が満ち満ちておりますし、後者は雅語とは程遠い、いつもという言葉を繰り返すことによって、より素直に、古来どれほどの人が同じ月を眺めてきたのだろうという感慨を聞き手に伝えるよう工夫されております。

いずれも平和な時代の達成としては、この上ないできだと申せましょう。

実際、為兼卿も鐔子様もこれらの作に不足を感じておられる様子はまだございませんでした。いく情けをかと嘆じたその情けが、未だ紋切り型の感傷に過ぎないと思い知るまでには、私どもはまだまだ現実の過酷な風を浴びる必要があったのです。

＊

永仁五年（一二九七）には顕親門院季子《けんしんもんいんすえこ》様の許に伏見天皇の第二皇子、富仁《とみひと》親王がお生まれになりました。養母には胤仁親王と同じく鐔子様が、乳母には為子殿が選ばれますと、為子殿直々の推薦によって私もその養育係を任されることになったのです。

為子殿は自他ともに厳しいお方なのに、どういう訳か初めて会った時から私をひいきにしてくださり、富仁親王のお世話で傍にいる機会が増えたのをきっかけに、身の振る舞いから和歌に至るまで様々なことを教えてもらうようになりました。

理由をお尋ねしても、ご自分もかつて、かの十六夜《いざよい》日記で高名な阿仏尼《あぶつに》殿から諸々を教わったからという、答えにならない答えが返ってくるばかりでした。けれどもそのおかげで和歌に対する見識も深まっていきました。

まさかその背後で、私どもの運命を決定づける最初の落とし穴が用意されていようなどとは、少しも勘づくことができていなかったのです。

今から振り返れば、予兆はかすかにありました。伏見天皇は当初より家格に捉われず、能力のある人材を積極的に登用するという方針を貫いておいででした。それによって、万事先例を踏襲するだけの、硬直した宮廷を刷新しようと試みておられたのです。

当然守旧派からの反発は予想されましたが、何よりもそれが帝の御意志なのです。付き従う私たちはその事実だけで万事が正当化される思いで、時代遅れの人々がいかに陰で妬もうと何するものぞと政敵の実力を甘く見ていたきらいがあったのかもしれません。

富仁親王の誕生から少し遡り永仁元年、伏見天皇が勅撰集の選集方針についてご相談なさいました。召し出されたのは、為兼卿、二条家当主の為世《ためよ》卿、冷泉為相《ためすけ》卿のお三方でした。冷泉家は元々為兼卿と反二条家の立場で連帯しておられたので、会議は実質京極家と二条家の対決の場となりました。

元より為兼卿に肩入れなさっていた伏見天皇は為世卿の提案を全て退け、新風和歌の理念に基づく選集を決定なさいました。

いわば為兼卿がお父上の雪辱を果たされたようなもの。新風和歌の探求に連なった人間でこの決定を喜ばない者はなく、こぞって京極家のご姉弟にお祝いの言葉を申し上げたものでした。

ですが、事情を何も知らない者からすると、帝が過剰なまでに為兼卿を重用し、為兼卿もその権威を笠に着て政治を私物化しているようにも見えたようです。

繰り返しになりますが、為兼卿が重んじられたのは、あくまで伏見天皇の御意志を理解し、その実現のために誰よりも働かれたからに他なりません。伏見天皇が気に入った人物のみをいたずらに取り立てているなどという風説は全くの誤解でございました。

しかし、理不尽な嫉妬や反感にそうした道理が通じるものでもございません。よほど手を変え品を変え讒言を申し立てたのでしょう。六波羅から為兼卿に対して事情聴取と日記の提出を求める申し入れがあるに及んで、ようやく帝と為兼卿も、いわれのない悪評が数を重ねることで帯びてくる恐ろしさにお気づきになったのでした。

永仁四年（一二九六）、為兼卿はいったん宮廷への出仕をおやめになり、自宅に籠居なさいました。改革の急進を諦めてでも、今はほとぼりが冷めるまで身を慎んでおくべきだとお考えになったのです。

しかし、そうするにはいささか時を失していました。

折悪しく南都の寺院同士で争乱が起こり、その先導者として為兼卿の名前が急浮上してきたのです。

元々為兼卿は帝の使者として南都との調停役を務めたり、除目で寺社の人事に関わったりするなど、南都との縁の深い方であられました。

そのことが政敵たちの度重なる讒言と相まって、南都の僧兵を糾合して幕府に謀反を企んでいるとの疑いを抱かせる仕儀となったのでした。

元より事実無根のこと。じきに疑惑は晴れるものと私どもも信じておりました。

ですから、永仁六年（一二九八）正月、為兼卿が南都の僧とともに六波羅へ召し取られたとの報せを受けた時は耳を疑いました。その上、その後の取り調べを経ても容易に解放されず、ついには佐渡への流罪を決定されてしまったのです。

こうした半ば強引な刑の執行には、政敵の根回し以上に、伏見天皇の改革姿勢を危険視する幕府の人間がいたということなのでしょう。帝直々に減刑を求める使者を派遣されたにもかかわらず、三月十六日には武士たちによって為兼卿は護送されてしまわれました。

別れの際に、為兼卿が名残を惜しんで詠じられた、

いく日月幾山川を隔つとも忘られぬべき雲の上かは

そのお心の内を推し量るだけでも、悔し涙がにじんでまいりました。

遠島流刑などほぼ死刑といっても過言ではございません。にもかかわらず、私どもは手をこまねいている他ありませんでした。

この一件に関する六波羅の詮議立ては苛烈そのもので、縁者というだけで為子殿まで同罪とされかかったのです。帝の嘆願すら聞き入れられなかった以上、下手に動けば一層流刑者を増やす結果にもつながりかねませんでした。

讃えられるべきは為子殿の気丈さでした。為兼卿の刑罰が決まり、心労は計り知れないものがあったに違いありませんが、表立っては決して取り乱すこともなく、淡々と日々の務めをこなしておられました。

中には為子殿に慰めの言葉をかけて、かえって為子殿のそっけなさに腹を立てる女房もおりましたが、それこそ浅はかな心と言うべきで、為子殿は志に殉じて無実の罪を着せられた為兼卿の名誉を、無用な愁嘆場で汚すことのないよう、それだけを心掛けておられたのだと思います。

流刑の当日、私だけは為子殿から共に見送りに立つことを許されました。

粗末な壺装束に身をやつし、物見の群衆の間からどうにか頭をのぞかせて、為兼卿の籠が遠のいていくのを見送りました。

為子殿は終始無言でしたが、その背は小さく今にも倒れそうなご様子に見えました。為子殿のお姿があれほど弱々しく映ったのは、後にも先にもあの一度きりです。

籠の影も見えなくなり、野次馬が散り散りに去った後も為子殿はじっとその方角を見つめ続けておられました。冷たい落日が痛いほど目に染みたのを、昨日のことのように思い出せます。

＊

ですが、私どもに向かって吹く逆風は、これだけに留まるものではございませんでした。

四か月後には伏見天皇が譲位、胤仁親王が後伏見天皇として即位なさると、東宮には大覚寺統の邦《くに》治《はる》親王が立たれました。これによって事実上、将来再び皇統を交替させられることが決したのです。

表立っては後伏見帝の即位を祝う催しが続きながらも、伏見院や同じく院号宣下を受け永福門院と名を改められた鏱子様は暗い気持ちであられたことでしょう。

しかも、そのたった三年後、何の前触れもなく東宮に帝位を譲るよう幕府から通達されるに及んでは、伏見院は元より臣下の誰もが唖然とする他ありませんでした。

おかわいそうなのは、まだ十四歳という幼さで帝位を譲らざるを得なかった後伏見院です。

この処置には流石の伏見院も激怒なさり、

我のみぞ時うしなへる山かげや垣根の草も春にあへども

と和歌の上でも憤りを露わになさいました。

そうした風聞を伝え聞いたものか、翌八月には幕府から使者が訪れ、当面の折衷案として、東宮には後伏見院の異母弟君の富仁親王が立たれることが決まりました。これにより、ようやく伏見院も愁眉を開かれたのでした。

このような政治的動乱の中で、念願でもあった勅撰集詠進の計画は水泡と帰してしまいました。支柱たる為兼卿もおられないのですから、それも当然の成り行きではあったのですが。

臆面もなく喜び合い、我が物顔で練り歩く大覚寺統の廷臣たちを尻目に、内裏を後に持明院殿へ移り住む支度を取りまとめるのは大変惨めな思いがいたしました。

それでも伏見院は捨て鉢になられることなく、冷静に自分たちが復権する時を見据えて諸々の取り決めをなさっておられました。

その第一は東宮となられたばかりの富仁親王を、後伏見院の猶子とされたことでした。お二人は実のご兄弟ですが、あくまで親子の立場とし、たとえ今後富仁親王に皇子が生まれたとしても、後伏見院の皇子のみに皇位継承権を認めると定められたのです。

それは、団結してこの世の春を祝っているかに見える大覚寺統で、早々に内部分裂の兆しが表れていたことへの自戒であられたのでしょう。

大覚寺統はひとまず後宇多院の皇子である後二条天皇が即位されたものの、後宇多院の弟君で亀山院が晩年皇位に就けたいと願っておられたという恒明《つねあき》親王が在俗でしたし、そもそも後宇多院には皇子が沢山おられ、廷臣たちはそれぞれ自分に有利な皇子が帝位を継ぐ機会を虎視眈々と狙っていたのです。

伏見院はそうした後顧の憂いをなくすため、正統は後伏見院の子孫のみとあらかじめ言明なさったというわけでした。

持明院統の長として、伏見院のこの時のご処置は何よりも賢明なものであったと思います。このご指示は、突然の逆境を一丸となって乗り越えていこうという院の意思表示に他ならず、これを聞いて私どもも今を耐え抜く思いを一層強くしたからです。

たった一つ不幸があったとするならば、富仁親王が乳母の為子殿に似て、いじらしいほど生真面目に成長されていたことでしょうか。

これが後伏見院にあった陽気さをわずかでも受け継いでいてくださったならば。

あるいは後醍醐帝の如く、他人の命令など一切意に介さない強い御気性の持ち主であったならば、ご自分なりに力の抜きどころを見つけて器用に生きていかれることもできたかもしれません。

ですが、そうするには富仁親王は、あまりにもお父上のお言いつけに誠実であろうとなさり過ぎました。

結果として伏見院の訓戒は、富仁親王を生涯縛る呪いとなっていくのですが、その話は後に譲りましょう。

*

目下のところ、持明院統に再起の目はなく、傍を離れていく人々も多うございました。

それでも残った者たちを結び付けていたのは、先を見据えておられた伏見院の姿勢と、他でもない新風和歌でした。

伏見院は治天の君であられた頃と比較しても一層精力的に歌合を開かれ、和歌に打ち込んでおられました。政治という現実の改革が頓挫した以上、表現の改革だけでも継続しなければ、これまで積み重ねてきた全てが失われてしまうとお思いだったのではないでしょうか。同様の思いは、当時持明院統に集っていた者たちが多かれ少なかれ全員抱いていたものだと感じます。

為兼卿が不在だったからこそ、その分まで正しいと信じた理念を後世に残さなくてはという使命に燃えたのです。

私どもは機会を見計らっては、配所の為兼卿に宛てて文を送りました。歌合で実験的に披露した新しい習作などをしたためて、判を仰いでおったのです。そこには、遠島にあって身辺の自由も利かない為兼卿の無聊を少しでも和らげることができればという思いがございました。

為兼卿もそうした文に感謝を示されつつも、当初は帰洛の可能性にほとんど絶望しておられました。返信に付けられている歌も、

更けていく月にかこちて我が涙老いのならひにこぼれけるかな

といった嘆きの歌ばかりで、文を読む者が袖を濡らすこともしばしばでした。

ですが、その文面が次第次第に変化してきている。そう最初に気付かれたのは為子殿でした。当初は為子殿の指摘された意味が分からなかった私どもも、文のやり取りが重なるにつれ理解するようになりました。

初めは無実の罪を着せられた嘆きと、自らを陥れた政敵に対する怨嗟の声に満ちていた文面がいつ

しか鳴りを潜め、平静な目で島の人々の営みを観察する内容が増えていきました。
それだけなら一時の怒りが収まっただけとも受け取れましょうが、文に記された和歌の出来栄えも目を見張るほどに変わっていったのです。

印象に残ったものを思い出せるだけ書き記してみましょう。

沈み果つる入日のきはにあらはれぬかすめる山の猶おくの峰

かすみ暮るる夕日の空に降り初めて静かになれる宵の春雨

川むかひ柳のあたり水みえて涼しき陰に鷺あそぶ也

青みわたる芝生の色も涼しきは茅花さゆるぐ夏の夕暮れ

窓白む軒端の空は明け初めて枕のうへにきゆる月かげ

平易な言葉遣いでという従来の方法はそのままに、詠み手のまなざしに静かな余裕が付け加わっております。描き出されるどの風景にも清澄な光と風が満ち満ちているのです。

在京時の為兼卿は表現の革新を訴えつつも、従来の和歌の雅さを維持しようと苦心しておられました。

その結果、成功すればご先祖の定家卿もかくやという妖艶な歌になる一方、失敗すると一種戯れ歌のような、従来の表現をもじっただけの皮肉っぽい歌になりがちでした。

ところが、流刑後の作にはそうしたこだわりが抜け落ちて、良い意味で詠み手の体臭のようなものがなくなり、世界と接する五感ばかりがいよいよ研ぎ澄まされていくようでした。

そして流刑から五年が経過しようという乾元二年（一三〇三）三月、一通の文が佐渡から為子殿の許に届けられました。

目を通された為子殿の反応に私たちは度肝を抜かれました。

為兼卿を見送ったその日ですら涙を見せられなかった為子殿が文を持つ手を震わせて涙を流しておられたのです。

よもや為兼卿の身に何か不幸が見舞ったのではないかと周囲にいた私どもはうろたえました。

「……ようやく、ようやくたどり着いたのね」

そう為子殿は呟くと、文を私にも見せてくださいました。

一瞥してすぐに、為子殿の独白の意味は悟られました。

そこにはたった一首の和歌が記されているのみでした。ですが、それはこれまで送られてきた秀作たちを全て超えて余りある、凄絶な気品に満ちた一首だったのです。


波の上に映る夕日の影はあれど遠つ小島は色暮れにけり

表現されていたのは、厳しい荒波に洗われた、むき出しの魂でした。絶えざる心の探求の果てに、為兼卿が一つの境地に達せられたことを、その一首は雄弁に物語っていました。

そして、奇しくも幕府から罪を免除するとの報せがあり、為兼卿の帰洛が許されたのも同じ月のことでした。

＊

帰洛後の為兼卿について、様々な方が様々に語るに違いありません。

その中にはきっと絶望的な状況から幸運な帰洛を果たしたことで身の程を勘違いしてしまった。もっと直截な言い方であれば、自身を選ばれた人間だと増長するようになったと評する者もいることでしょう。

ですが、私の知る限り、為兼卿ほど、傲《おご》りという心境から程遠い方もございませんでした。帰洛してすぐに持明院殿を訪問された為兼卿を、私どもは喜んでお迎えしました。感動のあまり泣き出す女房さえございました。

ところが、為兼卿はやけに平静にと申しましょうか、無関心なご様子でそうした挨拶を受け取られたのでした。

私などはそれで少々不安になって、

「京へ戻られたことがそれほどうれしくはないのですか？」

と尋ねてしまったことを覚えています。

すると、為兼卿も流石に苦笑なさって、

「いえ、懐かしい皆さんと再会できたことは勿論うれしいですよ。ですが、改めて帰ってみると都とはこんなにも狭いところだったかと少々息苦しい気もしますね」

当時はどうしてそんなひどいことをおっしゃるのだろうと理解に苦しむ思いもいたしました。何十年と経った今になって、あの時の為兼卿がおっしゃりたかったことがおぼろげながら分かってきた次第です。単なる地勢のことだけでなく、そこに住む人々の有り様のことをも含んでいたのでしょう。

とはいえ、やはり為子殿との再会は感動的なものでした。

為兼卿もこの時ばかりはかつてのような悪戯っぽい表情で襟首をさすっておられました。

「……姉上、この度は大変なご心労をおかけしました」

「まったくです」

為子殿は怒ったように眉をひそめておられましたが、それが喜びを人前で表すことを恥じている時のいつもの癖だとは為子殿を知る者には一目で分かりました。

「ですが、苦労に見合う収穫は得て戻ってきたのでしょう？」

「ええ」

為兼卿は確信に満ちたご様子で頷かれました。

伏見院も為兼卿が参られたとお耳にされるなりすぐにお会いになるとおっしゃり、鐘子様も交えた席が設けられました。

その席では院も鐘子様もどなたもが為兼卿の遠国での苦労を思いやる言葉をかけられたものでしたが、当の為兼卿はかえって平気な調子でこうおっしゃったのです。

「いえ、何、慣れてしまえば都と大差ございませんでしたな。当国の地頭も漁民たちも親切にしてくれましたし。違いといえば、こちらで官職を買う金で米を買うくらいのものでしょうか」

そうして、高らかにお笑いになる為兼卿を内心苦々しく思う廷臣もあったようです。院が直々に気遣ってくださっているのに、何と不躾な物言いか、と。

元々諧謔《かいぎやく》を好まれるところのおありだった為兼卿ですが、流刑を経て、その傾向が一層強くなり、他の人間ならためらうような辛辣なこともあっさりと言ってのけるようになっておられました。これがまず顕著な変化の一例でした。

それから話が和歌のことに及ぶと、その変貌ぶりはより明白となりました。

「私はまず院や皆さんにお詫びしなければなりません」

そうおっしゃって、為兼卿は頭を下げられたのです。

「以前の私は流行りの禅宗で聞きかじった唯識論を、さも肝心要のことのように申し上げておりました。ですが、そんな理屈は心を表現する上では全くの無用の長物。金輪際忘れていただいて構いません」

このおっしゃり様には傍らで聞いていた私どもも思わず耳を疑いました。心の探求こそ新風和歌が何より目指していたことではなかったのでしょうか。

為兼卿は周囲の動揺にも構わず、そのまま言葉を続けられました。

「私の世話をしてくれていた地頭は武骨ななりに似ず、連歌をひねるのが趣味という変わった男でして、私のような者が流されてきたことを実は喜んでおったのでしょう。近隣で長者と呼ばれるような富裕な漁民なども集めては、しばしば連歌の会を開いてくれました。全体の程度は宮中で催されていたものに遠く及びませんでしたが、時折こちらがはっとするような句が出てくる。それで不思議に思って尋ねてみたのです。お前たちは一体何を考えて、例えば梅の花なりを詠んでいるのかと。すると、一人の漁師が答えました。その花のことしか考えていない、と」

ご自分の言葉が十分に一座に伝わるのを待ってから、為兼卿は再び話し出されました。

「それこそが肝心な秘訣だったのです。私どもは平易な言葉でと言われればわざわざ平易な言葉を考え出そうとする。その上、機知をひけらかそうと欲をかき、故事を踏まえた歌を作るといった姑息な真似をする。その間に彼らが何をしていたかと言えば、ただ花にだけ没入していた。それは彼らの生活態度においてもそうなのです。底知れぬ海に乗り出していくのは恐ろしくないのかと尋ねてみたことがあります。すると、彼らは波に身を任せるだけだと笑って答えた。下手に自分の思い通りに船を進めようとしても疲れるだけだ。それよりも波に身を委ねてしまえば、海は自分たちをその一部として扱ってくれる。そうすれば、恐ろしいことは何もない、と」

為兼卿はその漁師の口ぶりをまざまざと思い出されたかの如く微笑まれました。

「彼の言葉を聞いた時、私は自分の愚かさに恥じ入りました。私は必死に心なるものの実態を掴み上げようとしていた。ですが、それは波を柵で囲って捕まえたと言うようなもの。そんなことをしている内に波は消えてしまいます。心は動くものです。そして、動いている時、心は花ならば花と同化していて、別の場所にはないのです。ですから、私は悟りました。心を捉えるのにしかつめらしい理論など要りません。必要なのは観察すること。自分の心を動かしたものをどこまでも観察することです。それだけで自ずから心は姿を現してくるのです」

為兼卿の新しい歌論は余りにも明快過ぎて、当初私どもは面喰いました。中には為兼卿の変化に憤慨し、田舎人と交わる間に頭まで鄙びてしまわれたのだと悪し様にののしって新風和歌から離れていく者もおりました。

しかし、実際に取り組んでみますと、口で言うのは簡単でも、和歌の上で実現するのは容易ならざることであると次第に分かってまいりました。

日の光一つとってみても、刻一刻と移り変わっていきます。

美しいと感じた光景を詠みあぐねている内に景色は変化していってしまうのです。

心の感動に言葉を追いつかせるということ。これが何よりも至難の技でした。

そんな難しいことに取り組むぐらいなら、従来の決まった歌語で決まった内容を詠む方がよほど簡単に和歌らしい和歌ができます。

折しも後宇多院の許では二条為世卿が選者となって新後撰集を編んでおられました。

噂によれば為兼卿を筆頭に京極派に与する歌人は一人も入集させない方針であるとかで、為世卿の厭らしいまでの権威主義と狭量さに呆れかえったものでしたが、世間一般からすれば私どもの方が酔狂な集団と思われていたに違いありません。

世に受け入れられない、出世の役にも立たない珍妙な和歌をわざわざ苦労して生み出そうとしていたわけですから。

けれど、為兼卿はそうした哀れむような世間の目や二条家の繁栄ぶりを一切意に介しておられませんでした。

小人の私などからすると、あの無実の流罪さえなければ、今頃伏見院と為兼卿による勅撰集が完成していただろうにと悔しさがよぎる折もあったのですが、為兼卿はただひたすらに、ようやくたどり着いた観察という方法を探求することに夢中になっておられるご様子でした。

そうした為兼卿の迷いのない態度は、指導者として信頼できます。一緒になって私どもも修練を積む内、ぽつぽつと、為兼卿以外にも、あの世界の繊細な変化を写し取ったような和歌を生み出す方が現れ始めました。

中でも鐘子様の上達ぶりは目覚ましいものがございました。


花の上にしばし映ろふ夕づく日入るともなしに影消えにけり

しほりつる風は籬にしづまりて小萩が上に雨そそぐなり

これらの歌を見れば、鐘子様の天稟《てんぴん》と呼ぶ他ない資質が見事に開花していることを分かっていただけるでしょう。

どちらも一隅の花の上で繰り広げられる幽かな変化を描いた作品で、桜を雲に、紅葉を橋に喩えた従来の和歌とは規模の点で比較にならないほど小さな世界です。

特に前者の歌は、消えていく夕光を詠むのみで、風の音すらしない、無限の静謐を湛えています。それでいて詠み手の胸に萌《きざ》した切なさを、雄弁に語って余すところがありません。単なる個人の感慨にとどまらない、一方的に過ぎ去って取り戻すことのできない時というものに対する惜別。そんな普遍的な主題にまで高められています。

鐘子様の個性は叙景歌以外にも発揮されていきました。


玉章にただ一筆とむかへども思ふ心をとどめかねぬる

人や変わるわが心にや頼みまさるはかなきこともただ常に憂き

前者は恋人へのちょっとした文のつもりがついつい長くなってしまったという一幕を、後者は些細な相手の言動でも辛く感じるようになったのは、恋人が薄情になったのか、それとも自分の恋情が深まったのかと自問する内面が描かれております。

恋歌といえば、ともすれば血の涙を流すだの波が山を越すだのといった大仰な表現になりがちですが、鐘子様はふと自分の恋心に気付く小さな瞬間をとらえて、いじらしいまでの表現に昇華なさったのです。これほど可憐な恋歌を詠んだ歌人は、長い和歌の歴史とは言えど、鐘子様の他にはおられないのではないでしょうか。

それはもはや観察とか写実とかいった小手先の技術を超え、鐘子様生来の純粋なお心と結びついた独自の表現となっておりました。

＊

こうした作品の充実とは裏腹に、現実の天下は二条家と大覚寺統とに握られていたことは前に記した通りです。

ところが、盛者必衰とはよく申したもので、私どもにも全く思いがけない形で、好機が巡ってまいりました。

徳治三年（一三〇八）八月、後二条天皇が急逝なさったのです。まだ二十四歳という若さであられました。

それに伴って東宮であった富仁親王が花園天皇として践祚され、再び伏見院が治天の君として院政を執り行うお立場となられたのです。

政権を失った後宇多院はすぐさま関東へと働きかけて東宮にご自分の皇子である尊治親王、後の後醍醐天皇を据える許しを得られたため、少なくとも花園天皇が退位なさった後にはまた大覚寺統に帝位を明け渡さなければならなくなりました。

それでも思っていたよりも短く雌伏の期間が終わりを告げたことには違いありません。

天下が諒闇《りょうあん》の悲しみに暮れている最中、私どもは内心では喜びの凱歌を奏しておりました。

特に私と為子殿の喜びはひとしおでした。

乳母とその補佐として、お生まれになられた時から富仁親王のご成長を見守ってまいったのです。共に未婚で実子のない為子殿と私にしてみれば、畏れ多いことですが、我が子のように目に入れても痛くない皇子でした。

その富仁親王が無事帝位に就く晴れの場を目にすることが叶ったのですから、もう生涯にこれ以上の幸福はあるまいとすら思われました。

為子殿も六十歳を迎えられてとみに足腰が弱くなり心配しておったものですが、親王の即位を機に従三位に取り立てられ、再び心に張りを取り戻されたご様子だったのは喜ばしいことでした。

一方で突如権力を失った大覚寺統周辺の廷臣たちが強い焦慮に駆られたことは間違いありません。

延慶四年（一三一一）正月三日に花園天皇が元服の儀を終えた直後、十六日の節会の夜、六波羅北方の金沢氏の家人が内裏に乱入し、滝口の武士らを殺傷する事件が起きました。

結局関係者たちが処分されただけで詮議は取り止めとなってしまいましたが、伏見院が即位された折の刃傷事件と似通った手口といい、私は大覚寺統の何者かが裏で糸を引いていたものと確信しております。

しかし、そのような妨害にあっても、花園天皇は着実に政務をこなし、成長していかれました。

乳母馬鹿と笑われるかもしれませんが、幼い頃から花園天皇は本当に利発で、生真面目すぎるのが玉に瑕と思われるくらい、責任感の強い皇子であられました。

即位されてからも、その御気性は変わらず、諸国で飢饉の報せと聞けば自らの不徳の致すところと深くお嘆きになり、身を慎んで四書五経などからかつての賢者の在り方を熱心に学ばれるといったご様子でした。

いくら悪意をもった逆臣が策を巡らそうとも、そのような誠実な帝を天が見放すはずもございません。当初動揺した政局もすぐさま安定を取り戻し、落ち着いていきました。

そのような情勢にあって、伏見院と為兼卿がかつての夢を実現する好機と思われたのも当然のことだったでしょう。

永仁の頃には為兼卿の流罪によって無念にも頓挫していた夢。新風和歌の理念による勅撰集の詠進です。

二条家側も伏見院政が再開された時点で、いずれそうした話題が上ってくることを予想していたものと見えます。為世卿は繰り返し訴状を提出し、為兼卿が勅撰集の選者としていかにふさわしくないか、主張し続けました。

その内容は私が小耳に挟んだだけでも、ほとんど罵詈雑言に等しいもので、流罪になった人物を国家の一大事業とも言うべき勅撰集に関わらせるのは不吉であるとか、為兼卿は庶子の家柄に過ぎず、正統な和歌を学んでいないといった、およそ論理的な冷静さからはかけ離れた指摘ばかりでした。

これに対しては為兼卿も言葉を選ばず応酬し、論争は一時泥沼の様相を呈しました。ですが、元より伏見院と為兼卿は君臣一体。今更どんな讒言を申し立てたところで、お二方の結びつきが断たれるはずもないのでした。そう考えますと、為世卿も随分無駄な骨折りをなさったものだと思われます。

応長元年（一三一一）五月三日、為兼卿お一人を勅撰集選者に任じる命が下りました。これによってようやく十年越しの素懐を遂げられることが決まったわけでございます。

この報せを受けた時は、私などはつい礼儀を忘れて、鐘子様と手を取り合ってはしゃいでしまいました。他の女房たちもこれまでの苦労をしみじみ思い返す者や、感極まって涙を流す者など思い思いの感慨にふけっておりました。公の場では基本厳しい表情を崩すことのない為子殿も、この時ばかりは微笑みを隠し切れておられませんでした。

それから為兼卿は伏見院や鐘子様など主要な歌人の詠草全てに改めて目を通されたようです。十年前からの計画ですから、朧気な構想は常に頭の中にあって、故人の資料は随時収集なさっていたそうですが、全員の歌境が一段と深化したこともあり、大幅な方針変更を余儀なくされたと、かえってうれしそうにおっしゃっていました。

その影響もあってか、度々私的な歌合も催され、そこで秀歌が生まれれば選集作業をいったん中断してでも追加で収録されることもございました。

そうしたたゆみない作業の果て、正和元年（一三一二）三月末に玉葉《ぎょくよう》和歌集奏覧と相成ったのでした。

為兼卿の配流から十年。私どもが為兼卿と出会い、新風和歌について学び始めてから数えるのであれば、ほぼ二十五年の月日が経過しておりました。初めは具体的な道筋もなく、それでも今の不自然な和歌を変えたいと訴えておられた為兼卿の熱意に引きずられるようにして始まった詠歌活動でした。それがいつしか伏見院、そして鐘子様に仕える者共通の志となり、勅撰集という最上の形に結実したのです。

畢竟の宴の席では、うれしいというよりも、何か長い旅を終えたような感慨深い思いに駆られました。それは、その座に連なった者全員に共通する思いだったことでしょう。伏見院と為兼卿がしみじみと、されど誇らしげに杯を酌み交わしておられたお姿が未だにありありとまぶたの裏に焼き付いております。

そして、個人的なことを記すのであれば、拙い自作を十二首も入集していただいたことは、私の生涯における最大の名誉です。

それも永福門院内侍という、鐘子様のお名前を冠した女房名で、です。私はこれ以上ない幸福感に酔ったようになって、宴が終わってからもしばらくは何事も手に付かず、久しぶりに為子殿から叱責される始末でした。

もう一つ、同じ頃に私の人生を語る上で欠かすことのできない好事がございました。

それは伏見院と私の妹との間に、姫宮がお生まれになったことです。

私の妹について語っておきますと、私よりも七つ年下で、後伏見院の許に兵衛督局《ひょうえのかみのつぼね》という名前で出仕しておりました女房でした。

後伏見院が譲位を強制させられますと、その失意を慰められようとなさってか、伏見院は後伏見院をしばしば持明院殿に招いては花合や歌合などを催しておられました。

その際には両院に仕える女房全員が左右に分かれて勝負をするといった大掛かりな趣向も行われた

そうで、おそらくはそうした折に見初められたのだろうと思われます。

そうとも知らず伏見院の御前に呼び出された私は、唐突に妹の許への手引きを頼まれて、大変仰天いたしました。そうしたことを一々お気にされる鐘子様ではないと分かってはおりましたが、院の恋愛の片棒を担ぐのは何がなし鐘子様を裏切るようで気が引けたのでございます。

そう申し上げると、院はさめざめと涙を袖で拭う振りをなさって、

「今だから打ち明けるが、私は昔からそなたのことが心に懸っておったのだ。されど、そなたは鐘子のお気に入り。あたら手を出してそなたらの仲を裂くようなことがあってはならぬと慎んでおった。此度そなたの妹が目に留まったのも、そなたの面影がよぎったからに他ならない。ここまで白状しても手引きをしたくないと申すのであれば、今宵そなたを帰すわけにはいかなくなるが良いか？」

とおどかしなさるのです。

口から出まかせをおっしゃっているのだとは承知しておりましたが、これが名うての数寄者の手練手管かと感心するやらどぎまぎするやらで対処に困りました。やむなく、畏れ多くも院を妹の狭い局にお通しするわけにもまいりませんから、いったん実家と相談して妹の里下がりする良い日取りをに改めてご招待いたしますとだけ答えました。

すると、院はけろりとなさって、

「良い知らせを待っておるぞ」

とお笑いになりますので、まんまと手のひらの上で転がされた感がいたしました。

わが家では数年前に父が死去しておりましたので、後を継いだ兄の俊輔《としすけ》に相談しますと、

「この上ない名誉ではないか！」

と大喜びで準備を進めます。

それでも気が咎めてならなかった私は、とうとう全てを鐘子様に白状してしまいました。

流石の鐘子様も眉間にしわを寄せて耳を傾けておられたので、私は出仕停止を命ぜられても致し方なしと覚悟を決めておりました。

話を聞き終えた鐘子様は小さくため息をつくと、

「ひどい方ね」

と呟かれました。

「院の色好みは今に始まったことではないけれど、そのために私の内侍の手をわずらわせるなんて少々勝手だと思わない？」

そうして、

「具体的な日取りが決まったら、その日に合わせてあなたも実家に帰りなさい。院をおもてなしするとなれば人手が必要でしょうし、妹さんも心細いでしょうから」

とおっしゃってくださったのです。

妹の気持ちまで慮ってくださる鐘子様の優しさに感銘を受けつつも、なおも心配で私はこんなことを尋ねておりました。

「それが済んだらもう出仕しなくていいなどとはおっしゃいませんよね？」

すると、鐘子様はむっとなさって、

「私は院のお頼みだから仕方なくあなたを貸すのです。そうでなければ、誰があなたを手放すものですか」

そのお言葉を聞いた時、改めて鏱子様に仕えさせてくれた父に感謝したい気持ちに駆られました。

そうした経緯で仲を取り持った院と妹の間に姫がお生まれになったのですから、一族中が久々の慶事に沸きました。玉のように愛らしいその姫宮は、進子《しんし》様と名付けられました。

ところが、あまりにも幸運が打ち続き過ぎていたのでしょうか。妹は産後の容体も安定しているように見えたにも関わらず、突然血が止まらなくなり、そのまま息を引き取りました。悪化があまりに急すぎて医者を呼びにやる暇さえありませんでした。

突然の悲しみに誰の心も追いつかないまま、葬儀は鳥部山で執り行われました。とても風の強い日でした。

鳥部山煙の末やこれならんむらむらすごき空の浮き雲

よく晴れた空を次々と雲の塊が押し流されていきました。その様子を見て、今の安寧もつかの間の白昼夢のようなもので、長続きはしないのではないかなどと妙に不吉な予感がしたことを覚えております。

＊

年が明けまして正和二年（一三一三）。

伏見院と為兼卿が相次いで出家なさいました。伏見院は御年四十九歳。為兼卿は六十歳。宿願であった玉葉和歌集が完成し、後伏見院の許にも後継者となる量仁《かずひと》親王がお生まれになったことから、良い頃合いだと考えられたのでしょう。伏見院は政務を全て後伏見院に譲られ、本式に引退なさいました。為兼卿もそれに殉ずる形で剃髪なさったのです。

この頃からだったと記憶しておりますが、次第に為兼卿の悪評が耳につくことが増えてまいりました。

元より為兼卿は敵の多い方ではございました。宿敵である二条家をはじめ、大覚寺統の廷臣方、さらには同じ持明院統の臣下の間でも反感を抱く方がおられました。

何しろ為兼卿ご本人が、自分こそ伏見院第一の臣であると言ってはばからず、伏見院もそれを許しておられたので、嫉視《しっし》する方々がおられたのはむしろ当然といったところだったでしょう。

ですが、そうした一見増上慢とも受け取られかねない態度には、為兼卿なりのお考えがございました。

佐渡から帰京されて以来、基本伏見院と鏱子様以外には敬意を払われなくなった為兼卿を、見かねた為子殿が諌められたことがあったのです。

すると、為兼卿は例の冗談めかした笑いを浮かべて、

「いや何、腹の底では少しも偉いと思えない人々のために一々お追従を述べるのが、すっかり面倒に

なってしまいましてね。上辺ばかり良好な関係に見せかけていても、結局は讒言一つで罪を着せられてしまうのですから、どのみち同じではございませんか。むしろ気疲れをするだけ無駄ですよ」

「確かにあの流刑は無念だったけれど、そう捨て鉢にならずとも……」

「姉上、私はやけを起こしているわけではございませぬ。佐渡の漁民たちを見ていて、目を開かされたのです。彼らと酒を酌み交わしていると、宴もたけなわという頃に必ずと言って良いほど喧嘩が起こります。大体がちょっとした物言いが気に入らなかったとか些細なことがきっかけです。周りの連中は止めに入るどころか一層はやし立てて、わざわざ加勢する者もいる。ところが、ひとしきり取っ組み合い、殴り合いが済むと、今度は先ほどまでのことなどすっかり忘れたように一緒になって肩を組んで歌い出すのですよ。最初に目にした時は私も呆気にとられたものです」

想像するだけでも恐ろしいと、私と為子殿が肩を寄せ合っておりますと、為兼卿は次のようにおっしゃいました。

「野蛮だと思われましたか？　ですが、彼らと上品な都人と、どちらがより潔いでしょう。宮廷で面と向かえば微笑みを絶やさず、声を荒げることもないでしょうが、その実、内心では妬み嫉みを腐らせて、陰で何十年も昔の過失をあげつらって足を引っ張り合っている。そうした連中にかかずらうのも、私はいい加減疲れました。それに比べれば、思うさま怒り、笑いたいだけ笑う漁民たちの方がよほど人間的に健康でしょう。私が思うに、かつての万葉歌人たちが任国で親しく交わったのも、こうした素朴な人々ではなかったでしょうか。だからこそ、彼らはあれほどおおらかな和歌を残すことができたのではないでしょうか。仮にも心のままに歌うことを標榜する私が、それに倣わないわけにはまいりますまい。全ては新風和歌の理念をより確固たるものにするためなのですよ」

そう言われてしまうと、流石の為子殿も返す言葉に窮されたご様子でした。為兼卿の和歌がより透き通った、自由な境地に達せられているのは事実だったからです。

ただ、そうして思うままに伏見院讃美を公言してはばからない為兼卿を、後継者である後伏見院が煙たく思し召されたのもまた自然の成り行きでした。伏見院が完全に引退なさると、庇う方ももはやいなくなり、いよいよ為兼卿に対する反感は強まっていったのです。

決定的だったのは正和四年（一三一五）四月に催された和歌蹴鞠の会でした。為兼卿は京極家、冷泉家一門の他、数人の公卿を引き連れて南都へ下向なさり、四日に渡って蹴鞠の会と春日社への和歌の奉納を行われたのです。

一行の威勢はほとんど帝の行幸に変わらず、会に参加した公卿、殿上人の礼節は主従のそれであったと聞きます。

そうした評判が都までとどろくと、後伏見院も臣下の分を逸した僭上の沙汰だと、流石にお怒りになりました。そして、一度旗幟が鮮明になると一斉になびくのが宮廷というものです。これまで望みの官職欲しさに為兼卿へおべっかを使っていた群臣たちまでもがこぞってありもしない悪評を言いふらすようになりました。

十二月二十八日、にわかに幕府の重鎮、安東重綱《あんどうしげつな》が上洛すると、六波羅の兵数百人を率いて為兼卿を召し捕らえました。当初は確たる罪状すらなく、ただただ為兼卿を宮廷から追放することのみ決していたように思われます。

結局、以前流罪に処された非を全く悔いず、徒《いたずら》に政治に口入し混乱を招いていること、そして再び謀反の企てありとの噂があることという二点によって、土佐国へ流罪に処すという判決が下ったのでした。要するに具体的な罪はまたもや何一つ見つからなかったのです。

近しい人々の嘆きもよそに、為兼卿は大変落ち着いておられました。六波羅の武士が荒々しく引き立てていこうとするのを遮って、自ら獄舎へ向かう輿に進んでお乗りになったと言います。その行列を見物していた、後の大覚寺統の廷臣で、これまた謀反の罪で流刑に処される日野資朝《ひのすけとも》は、為兼卿の泰然たるお姿を見て、男子に生まれたからにはかくありたいものだと述べたそうです。

おそらく為兼卿は全てご覚悟の上だったのでございましょう。他人の反感を恐れるよりも、あるがままの心で振る舞うことを選んでおられたのですから。それこそが自らの歌論をその生においても一貫なさろうとした為兼卿の信念だったのですから。

それから二か月六波羅に拘留された後、正和五年（一三一六）三月、為兼卿は土佐へ護送されていかれました。

＊

為兼卿は捕縛される直前、ご自分の和歌関連の文書を全て花園天皇に託される旨を書き残しておられました。

為兼卿には実子がなく、後継者として養子を何人も取っておられましたが、まだ歌人としての器量も定かならない彼らに後事を託すよりはいっそ帝にと思われたのでしょう。花園天皇はお父上の伏見院に似て勉学を好む御気性でしたし、歌合などで席を同じくした際には積極的に為兼卿の師事を仰いでおられたからです。

文書を内裏へと運ぶ役割は私が務めました。

本来なら為子殿こそが一番勝手知ったる適任者ではございましたが、永仁の時と同じく近親者として為兼卿の罪に連座するかどうかの審議がなされている危うい際でもあり、代役として私が立ったのです。

為兼卿が住まわれていた一条京極邸は、卿の配流に際して形式上本家である二条家の管轄に帰しておりましたので、念のため使者を送りました。

あるいはこの程度の些細なことですら拒絶されるのではと心配しましたが、案外あっさりと許諾する旨の返事がありました。

当時の二条家はすっかり勝ち誇っていて、為兼卿が失脚したのも和歌についての邪説を言い広めたからだなどと言いたい放題しておりましたので、今更文書を持ち出されるくらいのことは痛くもかゆくもなかったのでしょう。

為兼卿が言い残された資料は全部で九十余合という膨大な数に及び、とても一日では探しきれず、数日間滞在し、従者とともに少しずつ整理していきました。

中には見慣れた為兼卿の筆跡で書き込みがしてあったり、ご指導いただく際にお借りした書物が混じっていたりして、つい懐かしさにあふれる涙を抑えかねる折もありました。為兼卿は御年六十三歳。

佐渡の時と比較しても、今度という今度は無事に帰京される可能性は低いと分かっていました。そんな思いでふと庭の面に目を遣りますと、一本の梅が楚々とした枝を伸ばしているのに目が留まりました。

以前、為兼卿が我が家で自慢できるものは定家卿が手ずから植えたと伝わる梅だけですなどと笑ってお話しされていたことが記憶から蘇り、それがあの木かと思い当たったのです。

この屋敷に生まれ育ったかつての主を忘れてほしくない、そんな一心で手元にあった懐紙に、

忘れじなやどはむかしに跡ふりてかはらぬ軒に匂ふ梅がえ

とだけしたためて、枝先に結び付けておきました。

それから作業を再開して、整理し終えた資料を牛車に積み込んで内裏に戻ろうとしたところ、後から追いかけてくる使者らしき影があります。

何者かと思えば二条為世卿の使いだと言うのです。私宛だという包み文を開けてみますと、香染めの薄様に、

朽ちのこるふるき軒端の梅がえも又とはるべき春をまつらし

という一首が記されていました。

一目見た瞬間、何と嫌味たらしい男であろうかと思わず怒りで文を持つ手が震えました。またいつでもお越しくださいと主人らしく応じてみせたつもりなのでしょうが、こちらからすればもうすっかり京極邸に対して我が物顔で振る舞っているところからして腹が立ちます。

そして、この使者の速さから察するに、許可を出しておきながら、私が何を持ち出すか陰から人に見張らせていたのでしょう。金目の物を盗まれやしないか、内心では気がかりでならなかったのでしょうか。こうした不正直な小心者の態度こそ為兼卿が何よりも忌避したものでした。

第一、私の歌は返事を求めたものではございません。その程度のことは一読してすぐ分かりそうなものであるのに、わざわざ返歌を付けてきたのは、後で和歌の宗家ともあろう者が女房風情の歌に返歌ができなかったなどと陰口をたたかれるとでも恐れたのでしょうか。

何にせよ、要らざる返歌を付けられたせいで、私の感傷まで無遠慮に汚された気がして不愉快でたまりませんでした。

無事資料の搬送が終わったことを報告するために、為子殿の局をお訪ねした時、よほど私の表情が不機嫌そのものだったのでしょう。何事かあったのとお尋ねになられました。

為子殿に余計な心労をかけまいとするなら、為世卿のことなど伏せておくべきでした。しかし、あの方の眼力の前では私の拙い誤魔化しなど通用しません。正直に言ってみなさいとせっつかれる内、ついありのままを白状してしまいました。その上、話している間に怒りが嵩じてきて、目尻に悔し涙まで浮かべてしまったのはつくづく人としての出来が甘かったと赤面せずにはいられません。

為子殿もきっと私以上にお怒りになるだろうと思っておったのですが、案に反して落ち着いたご様子で、私をしげしげと見つめておられるのです。

そして、

「……あなたにはすまないことをしたわね」

そうぽつりとおっしゃられるに至っては私は仰天する他ありませんでした。

為子殿が謝られることなど何もございませぬ。そう言い募ろうとする私を制して、為子殿はこう続けられました。

「私たち姉弟に師事したせいで、余計なことまで学んでしまったのかもしれない。……今の私から教えられることは一つよ。二条家への敵対心なんて忘れておしまいなさい」

呆気にとられる私を見つめて為子殿は微笑まれました。それはこれまで為子殿が私に示された中で最も優しい表情でした。

「確かに私たち姉弟は二条家を憎んできた。どうにかして京極家だけの歌風を打ち立てようと努めてきたのも、無惨な死に追いやられた父の仇討ちのつもりだった。でも、それはあなたにも、あなたの和歌にも関係のないこと。そんなつまらないことに気を取られて、目を曇らされては駄目よ」

私は結局部外者であると宣告されたような気がして、一瞬悲しくなりました。けれど、為子殿がおっしゃりたかったのは全く別のことだったのだとは続く言葉ですぐに分かりました。

「為兼のことを思い返してごらんなさい。あの子は佐渡から帰ってくるときにそれまでの憎しみも全て置いてきたようだった。だからこそ、あれほど好き放題に振る舞うことができたのだし、好きに歌うこともできたのよ。あなたも和歌を案じる度に、あの為世のだらしない顔が浮かんできては困るでしょう。あんな人間のことは即刻忘れてしまうのが身のためだわ」

「ですが……」

私はそれでも承服しかねました。そのように考えるのはあまりに無責任のように思われたのです。長らく宮廷に仕えてきて、この先の権力の行く末もおぼろげながら予想できるようにはなっていました。

為兼卿が失脚されたということは、それを重用してきた伏見院、ひいては持明院統も少なからず責任を問われるでしょう。そうなれば永仁の時と同じく大覚寺統への揺り戻しが起き、それに近しい二条家が台頭してくるのは、ほぼ間違いないと言って良いことでした。

そうした苦しい未来が予想される折だからこそ、残された者は心を合わせて二条家の如何なる切崩しにも屈せず、自分たちの歌風を守り伝えていかなければならないのです。

しかし、為子殿は固くなった私の表情をご覧になると、幼い子供に教え諭すようにこうおっしゃいました。

「為兼が繰り返し教えてきたのは、二条家を打ち負かせなんてことだったかしら。争う必要なんてないのよ。あなたが良い歌を詠み続ければ、たとえ世に重んじられなくても、学びたいと言う者は必ず現れるわ」

それから為子殿はふと何かを思い出したようにくすりと笑われました。

「……覚えているかしら。為兼から初めて新風和歌について聞かされた時、皆それなりのお世辞を遣ってその場を乗り切っていたのに、あなただけが納得のいかない素振りを隠せていなかった。あれからよ、私があなたに目をかけるようになったのは。素直なのがあなたの美質。それを余計な責任を感じて殺してはいけないわ。ただ、何があっても和歌だけは詠み続けて頂戴。それさえ守ってくれたら十分だわ」

まるで最後というような口ぶりに私の胸は詰まりました。

事実、この数日後、為子殿は宮廷を退いて出家なさり、母方のご実家にて専らお父上の菩提と為兼卿の無事とを祈る日々を過ごされるようになります。

つまり、この和歌を詠み続けなさいというのが女房として為子殿から教わった最後のこととなったわけです。ですが、当時の私は、この危急の時にたったそれだけで良いのだろうかと若干の物足りない思いも抱えていました。受け取りようによっては、あなたに腹芸は無理だから大人しく歌だけ詠んでいなさいと申し渡されたようにも思われたからです。

ただひたすらに和歌を詠み続けるということ。

それが口で言うほど容易な業ではないのだとも、またそれを最後の教えとしてくださった為子殿のご愛情がいかに深かったのかということも理解するにはあと十年以上も要しました。

端的に申せば私は人生の修行を積んだつもりで、まだ本当の意味での苦境を経験してはいなかったのです。

＊

正和五年（一三一六）六月、鐔子様が落飾なさいました。私も含め多くの女房が後に続いて出家いたしましたので、御所中が喪に服したようなもの寂しさに包まれたのを覚えております。

表向きは前年の伏見院の御出家に倣ってと説明なさっておられましたが、鐔子様も前途に立ち込める暗雲をはっきりと予感されていたものと思われます。

何となく心細い感じがするとおっしゃっては、しばしば医官の診察を受けておられました。中宮となられてからというもの、病らしい病もなく気丈に振る舞ってこられた鐔子様のそうしたご様子に周囲の者は大変気をもみました。

花園天皇も鐔子様のお加減が優れないと聞くと心配なさり、せめてもの気分転換にと歌合を催してくださったものでした。

ですが、それもどうしたわけか興が乗らず、はしゃごうとしてかえって空回りしている。そんな雰囲気が出席した殿上人を含め、皆の間に立ち込めておりました。

そうした嫌な予感は、最悪の形となって現れました。

翌文保元年（一三一七）八月、伏見院が突如としてお倒れになったのです。

為兼卿の流謫以降、これまでの人材登用について幕府へ申し開きを余儀なくされた挙句、折しも花園天皇の在位十年目に当たっていたため、皇位を交代するよう大覚寺統が攻勢を強めていたのです。

持明院統の長としてそうした敵対意見の鎮静化に奔走されていた心労が祟ったのでしょう。翌月の三日には、懸命の治療も功を奏さず、崩御されてしまわれました。

日の光が消えたという表現も大げさではないほどの嘆きが私どもを襲いました。

為兼卿は私どもにとって常に新しい目を開いてくださる方でしたが、そうした為兼卿が自由にお振る舞いになれたのも全ては背後に伏見院というお方のあればこそでした。風雅を解し、誰よりも為兼卿のお考えに深い理解を示しておられた伏見院がいらっしゃらなければ、為兼卿が佐渡に流された段階で新風和歌の探求は途絶えてしまっていたかもしれません。

まことに人の心の機微に聡く、傍に仕える者を一人として疎かになさらないお方でした。同じ色好みと申してもお父君の後深草院とは大きく違い、一度契った女人を追い出したり、泣かせたりするようなことは決してなく、最後まで面倒を見られました。皇子や姫たちの将来にもよくよく思案を巡らされ、大覚寺統のように骨肉同士が皇位継承権を巡って争うことのないよう丁寧な処置をされていました。

自分たちは連なる雁の群れのようなものだ。

宴席で秋の月が昇るのを待ちながら、院がふとそうおっしゃったことがございました。

誰が欠けていいというものでもない、心を合わせようと努めなければ私たちなぞ簡単に散り散りになってしまうのだからね。

そうおっしゃった優しいお声と、その時にお詠みになられた、

雲高き夕べの空の秋風に列ものどかに渡る雁がね

の一首とが私の記憶の中で分かちがたく結びついております。

あの気丈な鐔子様ですら、伏見院のご遺体にすがりつき嗚咽しておられました。そのお姿に傍にいた誰もが涙を流さずにはいられませんでした。導き手を失った雁の群れはこれからどこへ向かって飛べばよいのでしょうか。

また妹の形見である進子様のことを考え、実父である伏見院以外のどなたが気にかけてくれることがあろうかと、将来に対して暗然たる思いを抱えざるを得ませんでした。

ですが、弱った群れに世間の風は手心を加えてはくれません。

新たに長となった後伏見院がおっとりとして、あまり策謀に通じておられないのを良いことに、大覚寺統による幕府への働きかけは激しさを増していきました。元より幕府も為兼卿の一件で持明院統には不信感を募らせていたようです。その上、鐔子様のお父上で関東申次の職に再任されていた西園寺実兼卿までが大覚寺統に接近される動きを見せ始められたとあっては、もはや誰に抗うことができたでしょう。

文保二年（一三一八）、花園天皇は譲位を余儀なくされ、代わりに後醍醐天皇が即位なさいました。東宮は後二条院皇子邦良《くによし》親王と、二代続けて大覚寺統が皇位を保持することが決まり、後伏見院皇子量仁親王はあくまでその次の東宮予定者とされるに留まりました。

世にはこれを文保のご和談などと称する者もいるそうですが、どこが和談なものでしょうか。伏見院の薨去という大きな悲しみの際を突かれ、持明院統にとってみればはなはだ不利な条件を飲み込まされたようなものでした。

在位十年と申しましても、花園院はわずか二十一歳。熱心に勉学に励まれてきたことを活かしていよいよご自分なりの親政に取り組まれようかとしておられた矢先のことでございました。さぞや心残りも多うございましたでしょうに、花園院は諦念に満ちた微笑を浮かべて、

「……来年終わる内裏の改修だけは見届けたかったな」

とただ一言だけおっしゃるのです。そのお姿の何ともいじらしかったこと。私はとりすがって泣きそうになるのをぐっとこらえました。

悲しみはなおも打ち続きました。同じ年の冬、為子殿が亡くなられたのです。足腰が弱り、立ち居にも苦労しておられたのも原因でしょうが、やはり為兼卿が二度目の配所に赴かれたのが骨身にこたえなさったに違いありません。

葬儀はかつての帝の乳母のものとも思えぬ、質素でしめやかな形で行われました。

生涯未婚のまま、常に為兼卿の事業のために尽くしておられましたので、縁者といっても為兼卿の養子が三人と冷泉家の方が数名参列されただけ。

姿をやつしてそうした様子をご覧になっていた花園院は、

「私がまだ帝であったならば、かような葬式にはさせなかったものを」

と無念そうにご自分を責めておられました。

ですが、どれだけ盛大な式を催したところで為子殿はお喜びにはならなかったでしょう。一番の願いであったはずの、為兼卿との再会は存命中には叶わなかったのですから。

和歌に関しては申すまでもないことですが、私に女房としてのいろはを教えてくださったのも為子殿でした。厳しくも辛抱強い、心根の温かい方でした。そんな方がどうしてかくも寂しい最期を迎え

ねばならなかったのか。私は計り知れない神慮を恨みました。そして、見えない何者かによって人々が翼をむしられ、墜落していく。そんな夢を見て、飛び起きる夜も再三ならずございました。

＊

内裏を退去せられた鐔子様ご家族は、持明院殿にそろって身を寄せておられました。鐔子様の他に後伏見院、その妃広義門院《こうぎもんいん》様、量仁親王、そして花園院という、二上皇二女院一親王がたった一つの邸宅にお暮らしになっていたのです。

いくら持明院殿が大きいといっても、それぞれの御方に女房、侍臣が個別に付き従うわけですから、手狭と言うのもおろかなことです。

何故こうした事態に陥ったかと問われれば、端的に申し上げて、政権を失った持明院統にもはや個別の邸宅を用意するだけの経済的余裕がなかったのです。

誰も泣き言は申すまいと、表立って口に出す者はおりませんでしたが、かつては万乗の主であられた二上皇がさしたる罪科もなくひとところに押し込められているのは、理不尽に感じざるを得ませんでした。

ましてご当人同士ではなおのこと鬱屈とする思いがあったに違いありません。とりわけ花園院にとっては、育ての母上に腹違いの兄夫婦との共同生活です。人一倍神経質で気遣い屋の花園院にはさぞ息苦しい暮らしだったでしょう。

そうした憤懣が爆発したのは、共同生活が始まって数か月後のことでした。

突如隠居するとだけ言い残されると、花園院は持明院殿を後にされ、当時打ち捨てられていた衣笠殿に移ってしまわれたのです。

元々静かな場所がお好きで、帝にさえ生まれなければ深山幽谷に隠遁したかったと常々口にされておられたので、これを良い機会だと思い切られてしまわれたのでしょう。

また、この際にご自分の従者を尽く解雇し、領地を後伏見院に返上することで、ご一家を悩ませている経済問題も楽にして差し上げたいとお考えだったようです。

ですが、そうとは知らない残された者どもは大変狼狽いたしました。誰よりも驚いておられたのは後伏見院その人だったと思われます。

花園院は一途なだけに、思い込んだら周りが見えなくなる部分をお持ちでした。

ご自分の行動が、世間にご兄弟の不仲を疑わせ、かつ弟君を一方的に追い出したと、かえって後伏見院の面目を失わせる結果になるとは思い至られなかったのです。

どうにか帰ってきてほしいとお頼みになる後伏見院と、ますますそれを固辞する花園院との間は膠着しました。この間を仲介できるのは、もはや鐔子様しかおられませんでした。

ご実家の北山第を見に行く名目で出立された鐔子様は帰りがけに衣笠殿へ車をお寄せになられました。

そこでどのようなお話をなさったのかは分かりません。おそらくは伏見院のご遺言にふれて、お諭しになられたのではなかったでしょうか。

伏見院が持明院統の分裂を避けるため、後伏見院の皇子にのみ皇位継承権をお認めになったのは前に記した通りです。

それに加えて、花園院には甥である量仁親王の教育役を任せたいと言い残しておられたのです。

後伏見院は諸芸に達者で、特に音曲に関しては右に出る方はおられませんでしたが、学問では花園院に軍配が上がります。

それに政局のあおりを受けて三年で退位を余儀なくされた後伏見院と比べますと、花園院には十年の在位経験があります。

そうした知識を、次代を担う量仁親王に伝えてほしいというのが、伏見院、ひいては後伏見院の願いだったのでした。

結局、鐔子様の説得を受けて、花園院は持明院殿に戻られました。

本心からご自分のお立場に納得されていたのかは分かりません。

その後も実際に脱出を企てることはないまでも、時折隠遁したいとの思いをにじませなさることはございましたから。

それでも為子殿に似て責任感の強い花園院のことでしたから、求められている役割を果たさなければとお思いになられたのでしょう。

持明院殿に帰られてからは、それはもう熱心に量仁親王の教育に取り組み出されました。

幼いうちはまず文辞に慣れるよう連句を作る遊びからお始めになるなど、先々の課程まで考慮して工夫を凝らしておられました。

花園院は不本意だったかもしれませんが、教育者として優れた資質をお持ちなのは伏見院のお見立て通りであられたのです。

それは花園院が無聊を慰めるためにしばしば主催しておられた学問の会でも明らかでした。

取り扱う題材は漢籍から仏典に至るまで、折々の興味に即して変えられたそうですが、ほとんどの場合で花園院自ら講師を務め、しかも深く鋭い解釈を示されるので、参加者たちは皆舌を巻いたとのことです。その中には先に名前を出した大覚寺統の日野資朝も混じっていて、親しく議論を交わされていたそうですから、講義の評判は立場を問わず広まっていたと言えるでしょう。

けれど、ご本人はそうした指導熱も、結局は帝として果たせなかった未練を発散しているだけだと、冷めた目で自省しておられました。

「今の帝の政治を見聞きするにつけても、私ならばこうしたのにというもどかしい思いが湧いてくる。これは恐ろしい増上慢だ。この思いが積もり積もればいずれ私の院政を敷きたいなどという欲心につながるかもしれない。それは伏見院のご遺言にも背くことだ。もっと身を慎まねばならないよ」

右のような内心をお伺いしたこともございます。

もっとも当時の政局と申せば、後醍醐天皇と東宮邦良親王との間で帝位の奪い合いが激化した時期でもございまして、天皇方が自分を支持するよう幕府に使者を送れば、東宮方も負けじと使者を派遣する。逆もまたしかりといった具合で、そうした競争を競馬《くらべうま》と揶揄する世人もあったようです。

ですので、潔癖な花園院がその状況を見聞きして、本来帝のなすべきことがなおざりになっているとお怒りになるのは、院のお人柄からするとごく自然と思われたのですが、院にはあってはならない慢心と感ぜられたようです。

このように、一代限りの帝であれという伏見院のご遺訓に従おうとする花園院のご意志は頑なものがございました。

後伏見院が持明院殿での実務権限をお譲りになろうとしたり、室町院の領地を寄贈しようとしたりなさったのを、ことごとく拒否されたのもその表れだったのでしょう。

後伏見院のお気持ちからすると、皇子の教育に精を出してくれている弟君に何か報いたい一心だったのでしょうし、室町院領に関しては花園院のものにして良いと伏見院も存命中におっしゃっていたそうです。

それさえも全て拒絶してしまわれたのですから、

「花園院の気難しいのにも困ったものだ」

とあからさまに内心の呆れを露わにして、花園院のお耳に入るかもしれないのも構わず放言する廷臣も中にはおりました。

＊

これは推測に過ぎませんが、次に帝位を継がれたのが後醍醐天皇でさえなかったならば、花園院もあそこまで頑なになられることはなかったのかもしれません。

後醍醐天皇も当初は幼い邦良親王の中継ぎとして一代限りの帝位で終わられるはずだったのです。

ところが、後の事実からも明らかな通り、後醍醐天皇は極めて自我の強いお方でした。お父上の後宇多院の訓戒も何のその、決して易々とは玉座は譲るまいぞという野心を即位されて早々明確にされておられました。

似通った立場にあった後醍醐天皇が思いのまま振る舞う様子を見せつけられて、生真面目な花園院は第一に何という不道徳かと眉をひそめられたに違いありません。

けれど、同時にそのような闊達な後醍醐天皇に一抹の羨望を覚える折もおありだったのではないでしょうか。

院の心底を勝手に推し量るなど畏れ多いことは重々承知しております。ですが、ご自分の心の奥にそうした罪の萌芽を嗅ぎ取っておられなければ、いくら花園院であっても、あれほど苛烈に自らを律せられることはなかったと思われます。

そして、それは妥協して利を取ることに慣れた廷臣ほど、不可解に、また愚かに見受けられたに違いありません。

世俗を生きていくためには、花園院はあまりに真っ直ぐで、抜き身であられ過ぎたのです。

そうした花園院のいびつさは、幼いだけに量仁親王の目にもはっきりと映っておられたようです。

量仁親王は花園院から実子同然の扱いを受けておられましたので、院がお住まいの対にも自由に出入りを許されておりました。

院が留守の時であっても同様で、量仁親王がお越しになると、女房も従臣たちも大歓迎で、絵合わせなどに興じていたものです。

中でも南御方と呼ばれた正親町実子殿《おおぎまちさねこ》とは少し歳の離れた姉弟のように仲が良く、量仁親王はよく懐いておられました。

実子殿は若干二十歳を越えたばかりの、楚々とした儚げな女性で、花園院が退位された年には姫宮をお生みになるなど、鍾愛《しょうあい》の女房として知られていました。

その日も量仁親王は無邪気に実子殿と遊んでおられたのですが、不意に真剣な顔つきになってまじまじと実子殿を見つめられると、さも不思議でならないと言いたげに、

「実子はこんなにきれいなのに、どうして叔父上は妃になさらないのだろう」

とお尋ねになったのだと言います。

大人しい実子殿は、さぁどうしてでしょうね、と言葉を濁して済まされたようですが、一連の顛末は噂好きの女房たちの格好の話題となって瞬く間に広まっていました。

花園院が実子殿に、私は誰も正妃とはしないと宣言されたというのは、持明院殿に仕える者にとって触れてはならぬ周知の事実となっていたからです。

花園院のお考えは明瞭でした。もし実子殿を妃として、その御腹に皇子がお生まれになれば、皇位継承の資格が生じます。

もしその子に皇位を継がせたいと思うようになってしまったら。花園院が恐れておられたのは、ご自分のそのような変心でした。だからこそ、そうした可能性をあらかじめ絶っておく道をお選びになったのです。

問題はそう宣言された実子殿の胸中で、そこにこそ詮索好きの注目が集まっておりました。元々物

静かで口数も少ない実子殿は内心の不満を周囲に漏らしたり、まして院に反論したりなさることはございませんでした。

ですが、お父君の正親町実明《さねあき》卿は娘のそうした待遇を耳にし、花園院の許へ出仕させたのは早計だったと悔やんでおられたとの噂もございました。

誤解なきように申しておきたいのは、私は決して花園院の頑なさを揶揄したいわけではないのです。むしろ、その逆で、生来のお優しい御気性から、誰より窮屈で苦しい生涯をお選びになる他なかったあの方がいじらしくてたまらないのです。

それに、花園院にしましても、四六時中張りつめておられたわけではございません。

時には後伏見院とご兄弟で連れ立って遊山に出かけられることもございましたし、量仁親王の気晴らしも兼ねて小弓や蹴鞠の会を開き、ご自身でも参加なさることもございました。

また、鍾子様が大の動物好きであられたこともあり、持明院殿には栗鼠《りす》や鮮やかな赤と緑の羽を持つ鸚鵡《おうむ》など、珍しい生き物が贈られてくることも度々でした。花園院は中でも舶来の犬をとりわけお可愛がりになり、黒い毛にところどころ白い斑点が混じっているところから星丸と名付けて自らお世話なさっておられました。

この他、かつて北山第の池に船を浮かべて遊び明かしたものと比べては小規模ですが、歌合や管弦の宴など、定期的な催しもございました。

ご家族そろって、栂尾《とがのお》の高山寺にお出かけになられたこともございました。私も同行いたしましたので、よく覚えております。為兼卿が心の師と崇められた明恵上人のお寺ということもあり、いつか一度は訪れてみたいと鐘子様ともお話ししていたのです。

山腹にある石水院から見晴るかす眺望はさわやかで、上人の気風をそのまま伝えておりましたし、上人の念持仏だったという仏眼仏母像には、上人が日々祈りを捧げておられたその息遣いまでもが残っているようで、ただただ感銘を受けました。

隣接する茶畑は規模としてはささやかなものでありましたが、隅々まで手入れが行き届いて、植物や石など物言わぬ自然とも心を通わされた上人の思想が未だに受け継がれているのを目の当たりに感じることができました。

兄君と異なり、為兼卿を信奉すること一方ならない花園院が深く感じ入ったご様子で立ち止まっておられると、後伏見院が笑ってお声をかけられたものです。

「頼むから、また突然隠遁するなんて言い出さないでくれよ?」

それは半ばからかいでもあり、半ば本当の牽制でもあったのでしょう。花園院もそれを敏感に察して微笑されると、

「言いませんよ。まだまだ手のかかる、可愛い甥っ子の後見をせねばなりませんからね」

そう返されました。

しかし、またつかの間夢見るようなまなざしで境内を見渡されますと、

「いつか……こんな静かな場所で心穏やかに過ごせたらいいな」

と呟いておられました。

今、このような些細な思い出を書き記しておりますのは、ついぞ花園院の御生涯には、この時望ん

ださささやかな憩いさえ与えられることはなかったからです。それを思うと、私などは院がおかわいそうでおかわいそうで仕方がありません。

また、そうした隠棲の望みとは別に、抑えがたい憎しみの波が押し寄せてくる折もおありのようでした。

特に巷で流行りの平曲《へいきょく》をお聴きになった宵などはそうで、ご自身が不本意に退位させられた折と重なるのか、平家の都落ちの場面では日頃冷静な院にも似ず涙を抑えかねておいででした。そうして琵琶法師を帰らせた後に、量仁親王が小さないたずらをなさっているのをお見つけになると、平生ならお許しになるようなことでも、まるでお人が変わったように厳しく叱責なさるのです。

院のお心は振り子の如く、一方では聖者の理想に、一方では王者としての野心に揺れ動き、飽き足らぬ現実という苦患の炎に焼かれておられる。そんな風にもお見受けしました。

花園院がそうした苦しい本心を吐露できる存在は、おそらく為兼卿しかおられなかったのでしょう。

為兼卿は度重なる持明院統側からの働きかけと、刑に処されてから歳月が経過したということもあり、流刑地を土佐から和泉へと変更されておりました。完全な赦免とまではいきませんでしたが、それでも文の往来がしやすくなったことは事実です。

花園院も和歌に判詞を付けてもらうという名目でしばしば私信をしたためておられました。傍にいない相手であることがかえってお心を開きやすくもしたのかもしれません。

一度花園院が深く感じ入られたご様子で、為兼卿の返信をみせてくださったことがございます。

歌道も仏道も突き詰めればたどり着く先は一つであるという文句が、いたく院のお心に残ったようでございました。

思うに任せぬ現状も最後には理想と同じ場所に通じている。院はどうにかしてそうお信じになりたかったのかもしれません。

*

一方のそう言う私は何をしていたのかと申しますと、実家の坊門家で進子様の養育を続けながら、夜は鐘子様の許へ出仕する生活を送っていました。兄の俊輔としましては、わずか二歳で両親に先立たれた進子様の将来を案じて、私をどうにか縁付かせようと苦心していたもののようです。乳母夫のような存在ができれば財政的にも余裕が生じ、進子様にも姫宮らしい暮らしをしていただけると考えたのでしょう。

ですが、結論から申し上げるのであれば、私にそのような縁はございませんでした。

当時すでに私は五十路を過ぎておりましたし、普通の場合であっても良縁を求めるのは困難を極めたでしょう。

その上、世は大覚寺統の天下。兄の次男の清忠にしてからが、家督を継げる可能性はないと見て、家を出奔し、後醍醐天皇の臣下となっていたのでした。

同じ一家の中でさえ、時に応じて大覚寺統に付く者が現れていた情勢下にあって、誰が好き好んで落ち目の持明院統に骨の髄まで浸かった年増の女などを妻にしようと考えるでしょうか。

私は独身のまま終わった生涯を少なくとも悔いてはおりません。女房となると決めたあの時から鐘子様にこの命ごと捧げようと覚悟しておりましたし、その思いに対する報いは十分にいただいたと思うからです。

ですが、進子様に対してだけはすまないことをしたという思いがあります。

世が世なら伏見院の姫宮として下にも置かれぬ栄耀栄華な暮らしを送られていたでしょうに、ご誕生の折が悪かったというだけで、世にすっかり忘れ去られ、内親王宣下も受けられず、慎ましい暮らしを強いられていたのです。そして、親代わりの私にはそれを変えて差し上げるだけの力が何一つなかったのですから。

ですが、進子様はついぞ不満らしい不満を漏らされることがございませんでした。物静かで、多くを望まず、両親の菩提を弔うことだけを一心に願われる少女に育ってしまわれたのです。

花園院といい、進子様といい、私が我が子同然にお世話いたした方はいずれもあまりに純真に育ち過ぎました。

それもこれも私の育て方が良くなかったのだろうと、今更言っても詮無いことですが、後悔されてなりません。

人は皆、自らに課せられた運命と、自分自身の欲望とをちょうどいい塩梅に折衷して生きています。その折り合いの付け方のなめらかな人をこそ人生の巧者とは呼ぶのではないでしょうか。

その塩梅の仕方をこそ育ての親としては示して差し上げるべきだったのに、私自身お世辞にもその要領が上手いとは言い難い人間であったために、お二人とも宿命と責任とを真正面から受け止める以外の術を知らない方に育ってしまわれました。お二人のことを考える度にいじらしさとおいたわしさとで胸が詰まるのはそのためです。

私にとっての救いは、私が唯一まともに教えることの叶った和歌が、お二人の心のはけ口となってくれたことでしょうか。

花園院が和歌を通じて為兼卿と交流なさっていたのは先に述べた通りですが、進子様の上達ぶりもまた目覚ましく、二十歳を目前にしてすでに持明院殿での歌合では欠かせない実力者となっておられました。

一例を引きますと、

ひらけそふ梢の花に露みえて音せぬ雨のそそく朝あけ

もりかぬる月はすくなき木の下に夜深き水の音ぞ涼しき

この二首は朝と夜を詠んでいる点で好対照ではありますが、薄い光の中でわずかな水の閃きを捉えようとするまなざしは共通しております。

お父上の伏見院も為兼卿も風景の変化を心の目で捉えようとなさった歌人ではございました。しかし、特に好まれたのは夕暮れの景色であり、変化自体は劇的で、また華やかでもございました。

それと比べて、進子様の御作には鮮やかな色彩は登場せず、一切は薄明に包まれております。

最も近い世界があるとするならば、有名な今様の、

　仏は常にいませども　現ならぬぞあはれなる　人の音せぬ暁に　ほのかに夢に見えたまふ

に表現されているようなそれでしょうか。

進子様は御製の中で神や仏といった言葉は全く使っておられません。にもかかわらず、釈教歌に漂っているような、瞑想的な雰囲気を醸し出すことに成功なさっておられるのです。

これには為兼卿も、新風和歌にまた新しい歌境を開拓する方が現れたと文の上で大層喜んでおられました。

ですが、それでも進子様にかつての玉葉集のような晴れ舞台を用意して差し上げることは、極めて難しい状況下にあったのです。

天下が大覚寺統に移っても、勅撰集の編纂自体は継続されておりました。二条為世卿を選者とする続千載集がそれです。

その際には、どの面下げてとも言いたくなりますが、持明院統に対しても作品の提出が求められました。鐔子様も当初は、これまでの軋轢は軋轢として、勅撰集の完成は歌道全体に資することであるからと快く御詠草を手渡され、後伏見、花園両院もそれに倣われました。

ところが、完成した続千載集に目を通すと、容易には見過ごしがたい問題が生じていたのです。為兼卿と為子殿の和歌が一首も取られていなかったことではありません。その程度は二条家のいつ

ものやり口を知っていれば、予想のつく範疇でありました。

問題だったのは、鐘子様の御製、

あまをとめ袖ひるがへす夜な夜なの月を雲居に思いやるかな

が、こちらに何の断りもなく、

あまをとめ袖ふる夜半の風さむみ月を雲居に思いやるかな

と改変されて収録されていたことでした。

これには日頃温厚な鐘子様も大いに憤慨なさり、この一首を削除するよう再三にわたって二条家に申し入れられました。

しかし、為世卿は例の如く都合が悪くなると逃げの一点張りで、まともに取り合おうともなさいません。

業を煮やされた鐘子様は後伏見院、花園院を御前に集め、今後子々孫々、二条家の撰による勅撰集には一切協力してはならないと厳命なさったのでした。

為世卿のお考えとしては、夜な夜なという言葉があまりに俗語に近いので、適当に字数を合わせて改変なさったというだけだったのでしょう。

ですが、何という浅慮でしょうか。

和歌には三十一文字しかございません。それ故にこそ、たった一つ語句が変わるだけで表現される内容も大きく変わってしまうのです。その程度のことは初学者でも想像がつきそうなものです。

にもかかわらず、為世卿は字面だけの見栄えを考えて言葉を易々と変えてしまわれました。

それは詠み手である鐔子様の思いを踏みにじる行為であるばかりか、和歌という芸に対する冒涜ですらあります。

仮にも歌道の宗家を名乗る者がそんなことさえ理解できない事実が何より鐔子様を嘆かせたのでしょう。

「これが伏見院や為子の歌でなくて良かった」

鐔子様はその後折を見てはしばしばそう口になさいました。

もし誰も改変に気付かなければ、故人の遺した大切な思いが、他人に都合の良い、誤った形で後世に伝わったかもしれないのです。

それを思うと私もぞっとしました。

ただ、結果としてこの悶着によって進子様が晴れがましい思いをし得た場が失われてしまったのが遺憾でなりませんでした。

勿論、進子様ご当人はそんなことを微塵もお気になさってはおられませんでした。

世に忘れられるべく生まれついたのが運命なら、元々身に添うはずもない名誉を求めるよりも、心静かに日々を過ごす方が良い。

直接お伺いしたわけではございませんが、進子様のお考えは大体右のようなものであったと思われます。

ですので、進子様が勅撰歌人となり得ないことで内心気をもんでいたのは当時私一人だったと言って良いでしょう。

しかも、今になってみればしかるべき機会はその後ちゃんと巡ってきたわけですから、何も性急に未来を決めつけて落胆する必要もなかったのでした。

まこと子を思う闇の前では盲目とはよく言ったもので、我ながら自分の愚かしさが恥ずかしくなります。

その上、随分呑気な、浅はかな悩みを抱えていたものだと思います。

落ちぶれたと言っても、鐘子様ご家族や親しい方々と自由に対面し、交際することの叶ったあの七年余りは、後から考えれば大変幸福な、安定した時代でした。

その背後で不穏な、荒々しい未来が着々と準備されていようとは、さしもの花園院ですら予測できてはおられなかったように思います。まして無学な私にしてみれば、何の代償も支払わずとも、穏やかな日々が続いていくものだと信じて疑いはしておりませんでした。

＊

転機となったのは元享二年（一三二二）、鐘子様のお父上であられた西園寺実兼卿が逝去されたことでした。

長年関東申次の職を務め、親幕府派の重鎮として、幕府と朝廷との紐帯となっておられた方です。その上、持明院統と大覚寺統の間をも取り持ち続けてくださった方でもありました。

それ故に、政治家としては必ずしも持明院統の側に立たれたわけではなく、為兼卿の二度目の流罪の際には率先して為兼卿排斥のために動かれたとの噂もございます。

けれども、そうした利害調停を別とした歌道の世界では、一貫して新風和歌の理念を支持してくださり、玉葉集撰進の際には伏見院と為兼卿を諸事務の面で支えておられました。

もし実兼卿の支援がなかったならば、為兼卿が最初に佐渡に流罪となった時点で、新風和歌を探求する取り組みは断絶していたかもしれません。その意味でも宮廷に多方面から貢献なさった方だったのです。

天下が大覚寺統に移り、後醍醐天皇の許には日野資朝をはじめ、政治改革に野心を燃やす若い近臣たちが集っていたのは先にも述べた通りです。しかし、実兼卿の目の黒い内は彼らも好き勝手には動けない。それだけの存在感をお持ちでした。

その実兼卿が亡くなられたことは、これまでの均衡を保ってきた箍《たが》が一つ外れたことを意味しました。

さらに時代の推移は加速していきます。

二年後の元亨四年（一三二四）、後宇多院が崩御されたのです。

いくら後醍醐天皇が政治に積極的な姿勢を打ち出そうとも、後宇多院が存命の間は、最終的な決定権は院が握っておいででした。

その上、後宇多院は東宮の邦良親王に期待をかけられ、あくまで中継ぎの後醍醐天皇には早く位を降りるようにと暗に働きかけておられました。

そうした後宇多院が身まかられたために、天皇にしてみれば目の上の瘤が何もなく親政を行う機会が巡ってきたわけです。

近臣たちは一層機を見るに敏でした。というよりも、巡ってきた好機に逸り過ぎたと評する方が適切でしょうか。

同じ年、正中と改元されて早々、日野資朝ら数人の廷臣と近国武士たちによる討幕計画が露見したのです。

間違いなくその背景には天皇の御意志が反映されていたのでしょうが、後醍醐天皇は一切の関与を否定され、幕府もそれ以上事を荒立てない方針を選んだと見えて、首謀者たちを流刑に処すという比較的穏当な処罰にとどまったのでした。

後に正中の変とも呼びならわされるこの一件で、誰よりも衝撃を受けておられたのは、もしかすると花園院だったかもしれません。

報せを耳にされるや人目も構わず立ち上がられ、信じられないという表情で、

「そんな……はずはない」

と呟かれたのです。

日野資朝と院が対等に意見を交わせるほどの仲であったことは周知の事実でしたので、報せに来た

廷臣も気の毒がって、

「資朝殿におかれましてはとんだことに……」

「そういう問題ではない！」

院の荒いお声は静かな昼下がりの殿舎に響き渡りました。

周りにいた私どもも度肝を抜かれました。常に冷静な花園院がこうまで激昂なさるとは予想もしていなかったのです。

院も周囲の不安げな視線に、はっと我に返られて、すまないと力なく元の座に戻られました。けれども、その後も頭痛が止まないご様子で苦しそうに眉間を抑えておられるのです。

実子殿が常備薬と水の入った半挿《はんぞう》を運んでこられましたが、院は礼を言ったきりお飲みにはならず、誰に宛てるでもない問いを虚空に投げかけられました。

「……資朝がそのようなことを企てるはずがない。私たちは学んだのだ。あの博学な悪左府頼長が何故身を滅ぼしたのか、議論を重ねた。考え得たのは、政治に携わる人間は軽々に武力に頼ってはならぬということだった。一度でも拳を上げれば、どんな高邁な理想を掲げていても、畜生同然まで身を落とさねばならぬ。そう語った時、資朝も同感だと頷いていた。それをそう易々と忘れたりするものか。……それとも、そうしたものなのか？　人とは、いざとなればどんな道理も簡単に捨ててしまえるものなのか？　であれば、学問とは、学ぶことの意味とは何だ？」

その問いに答えられる者など周りには誰もおりませんでした。院もそれきり黙して自問自答の暗闇に沈みこまれてしまわれた様子でした。

花園院が政治の実権の只中にいる日野資朝や後醍醐天皇に漠然とした羨望のまなざしを向けておられたことは先にも記した通りです。

院が学問に没頭しておられたのも、その決して満たされない部分を埋めるためだったのかもしれません。そして、その学びを資朝やいずれ帝位を担うはずの量仁親王に伝えることで、間接的に世を円満に治める役に立っている。その認識こそ、何の実権もない落魄した生活の仲で、院が唯一心遣りとされていた生き甲斐だったのではないでしょうか。

それが単なる幻想に過ぎなかったと知らされた院の苦しみはいかばかりであったか。

この一件で、院は信頼していた友に裏切られたのみならず、十年にわたって積み上げてこられたご自分の生きた意味を喪失されてしまわれたのです。

けれど、世の移り変わりは院お一人の戸惑いに斟酌して歩調を緩めてくれるものではございません。

正中の変への関与の疑惑もあり、幕府の意思も後醍醐天皇の譲位に傾きだした矢先、突如として東宮の邦良親王が身まかられてしまわれたのです。

宮中では次期東宮の座を巡って泥沼の争いが始まりました。

後宇多院にはまだまだ皇子が多くおられましたし、後醍醐天皇も一代限りという言いつけを無視して自らの皇子である世良《ときよし》親王を東宮に据えようと運動を開始されておりました。

御記憶のよろしい方なら、持明院統が不利な条件を飲み込まされた文保のご和談の際に、邦良親王の次は量仁親王を東宮とすると定められていたはずではと疑問に思われるかもしれません。

ですが、当の幕府の態度はというと、文保のご和談など大昔の当座の口約束に過ぎず、現在でも有効な取り決めではないといった扱いぶりだったのです。

十年にわたる大覚寺統の天下の間、律儀に順番を待っていた持明院統がどれだけ存在感を失していたかということが透けて見えると思われます。

ただ、各人が各人に有利な親王を推して一向にまとまらない大覚寺統に対して、後伏見、花園両院が一貫して量仁親王をと主張していたことは、幕府の心証にも良い影響を及ぼしたものと見えます。また、後醍醐天皇への不信感も拭い去ることはできなかったのでしょう。結局は従来の取り決め通り、量仁親王が東宮となられることに決まりました。

後伏見、花園両院の長年の宿願がここに叶ったわけでした。内裏に赴かれた量仁親王がお一人で無事立坊の礼を務めあげられたとの報せが入った時には、両院は肩を抱き合い、互いのこれまでの労苦をねぎらっておられました。その光景は見る者を感動させずにはおかず、私どももつい喜びの涙をこぼしたほどです。

持明院殿はにわかに伺候するようになった貴族たちでごった返しました。政所を拡張する必要もあり、鐘子様がご実家の西園寺北山第に転居することを決意されました。

これにより十年余りに及ぶご家族の共同生活が終わりを迎えることとなったのです。

転居の際の牛車の中で、鐘子様は一抹の寂しさと、役目を終えたほっとした心地とを噛みしめておられるご様子でした。

伏見院亡き後、実質的な持明院統の長として、長年ご家族やそれに仕える者たちを取りまとめてこられたのです。それがようやく後のことはご子息たちに任せて、念願であられた、伏見院やお父上の菩提を弔う心穏やかな生活に入られるのだと思うと、私も我が事のようにうれしくなりました。

そこでお疲れ様でございましたと改めて申し上げると、鐔子様は微かにはにかまれました。

少し意外に思いました。鐔子様の笑みにはねぎらいに対する照れだけではなく、戸惑いの色が混じっているように感じられたからです。

「何か気がかりなことでもおありですか？」

そうお尋ねすると、

「いいえ、違うの。うれしいのだけれど、こんな慶事なんて久しぶりで、どう喜んだらいいか分からないの」

そのお気持ちは分からないでもありませんでした。この十年間ひそやかな、言ってしまえば代わり映えのしない生活を送ってきただけに、急に世間の注目を浴び、長く仕えてきた者ほどまごついてしまうという悲しい現実があったのです。

この時は喜び方すら忘れてしまった自分たちの越し方を思って、感慨深くなるばかりでしたが、今から考えるともっと率直に喜びを露わにしておくべきでした。人生において喜ばしい出来事などほんの数えるほど。しかもそれははかなく長続きしないものなのですから。

＊

元徳三年（一三三一）八月二十四日の夜、ひそかに内裏を脱出した後醍醐天皇は、笠置寺《かさぎでら》にお移りになられました。帝の不穏な動きをかねてより密告によって聞き知っていた六波羅は即座に帝に近しい公卿を次々と捕縛し、九月には笠置寺に総攻撃をしかけました。帝の許には楠木正成など近隣諸国の悪党が集まっておりましたが敵わず、帝は山中をさまよっておられるところを捕らえられ、翌年三月に隠岐へ流罪に処されました。

その間の九月二十日、都では量仁親王が践祚なさり、光厳天皇となられました。後伏見院も治天の君として院政を開始され、ようやく花園院が帝であられた頃のような、持明院統の世が巡ってきたように思われていました。

ですが、事はもうそう単純に推移していく時代ではなくなっていたのです。

第一の悲しみは訃報とともに訪れました。元徳四年（一三三二）三月二十一日、為兼卿が河内国の配所にてひっそりと亡くなられたのです。度々の赦免によって都の近くまでは戻られていたものの、ついに故郷の土を再び踏むことなく旅立たれてしまわれました。御年七十九歳でした。

持明院統の最も華やかな時代を築かれたのは、まぎれもなく伏見院と為兼卿です。為兼卿がご存命であるというだけで、長い雌伏の期間もまだその時代に連なっているような心強さを感じていられたのです。

為兼卿が亡くなられたことで、私どもの青春とも呼ぶべき一時代は完全に遠い過去のものとなってしまいました。

しかも、世の推移はそうした悲しみにしみじみとふけることすら許してはくれませんでした。

旗頭である後醍醐天皇が流罪となったことで決着したかに見えた反幕府運動が再び活性化を始めた

のです。

笠置寺での攻防戦の後、消息不明となっていた楠木正成が河内国で再挙兵し、金剛山に立て籠もりました。

続いて後醍醐天皇の第三皇子護良《もりよし》親王が各地で幕府追討の令旨を発行しつつ、吉野で挙兵。その令旨に後押しされた西国の悪党どもが一斉に蜂起したのです。

年が明けると、後醍醐天皇が隠岐を脱出し、船上山というところに陣を敷かれたとの噂が流れてきました。

そして、三月十二日。忘れもしません。赤松円心という男が畿内諸国の軍勢を糾合して都へ突入しようと攻撃を開始したのです。

六波羅軍は何とかこれを退けましたが、決定的な勝利を収めるには至らず、赤松は軍備が整い次第、再攻撃をしかける素振りを示していました。

これには都も恐慌状態に陥りました。いつ何時賊の集団がなだれ込んできて、破壊と簒奪の限りを尽くすかも分からないのです。光厳天皇と後伏見、花園両院も用心のため六波羅北方に居所を移されました。

そんな折でした。数年前出家した兄の代わりに家督を継ぎ、侍従となっていた甥の俊親《としちか》が深刻な表情で訪ねてきたのは。

「……今の内にお逃がしする方が良いのではないでしょうか」

そう俊親は単刀直入に切り出しました。

「逃がす？」

「進子様のことです。持明院統の姫宮だと知られれば、賊軍にどのような扱いを受けるか分かったものではございません。逃げるのなら、六波羅軍との勢力が拮抗している今が最後の機会でしょう」

「ですが、逃げるといっても何処へ……」

「我が家の荘園がある播磨へ」

私は耳を疑いました。

「播磨……!? 確か賊軍の大将である赤松が本拠を構えているのも播磨ではありませんでしたか？」

「だからこそです。都での戦にかかりきりになっている今、本拠地で暴れている暇はないでしょう。荘官からの知らせでも、当地での収奪は収まっているという話です」

驚きで二の句が継げないでいる私に、甥は静かに申しました。

「勿論、最後は叔母上と進子様の御意思にお任せします。一度離れれば、当分都には戻れないでしょうから。この件、よくよくお考えください」

私は迷いました。大人しい進子様のことです。意見を尋ねれば、私の考えに従うとおっしゃるでしょう。ですが、播磨まで落ち延びるとなれば、もはや宮廷から歴とした姫宮として扱われる希望を完全に捨て去らねばなりません。進子様の不憫さを思うと軽々には判断を下しかねました。

困った私は念のためというような心積もりで、それとなく進子様に意向を尋ねてみました。すると、全く予想外のお言葉が返ってきたのです。

「しかるべき戒師を呼んでください」

進子様は落ち着いたご様子でおっしゃいました。

私は狼狽いたしました。けれど、進子様は決して捨て鉢になられていたわけではなかったのです。

「出家いたします」

「播磨までの道中も安全ではないでしょう。そこに女が混じっておれば余計に賊の目を引きます。私もすでに三十を過ぎた身。もはや世間から人並みに扱われようなどという望みは絶っております。それよりも両親の菩提を弔い、後世の罪を少しでも減らすことに専念したい。その年来の願いを叶える良い機会です」

そう口にされる進子様のお顔には、日頃の引っ込み思案な色は微塵もなく、前々から待ち受けていた時節が到来したと覚悟するような強い表情が浮かんでおられました。

私は何とか止めようと言葉を尽くしましたが、進子様は断固として意志を翻そうとはなさらず、使いを馴染みの法師の許まで遣わすと、その晩の内に落飾されてしまわれたのです。

尼削ぎになられた進子様を見遣って、私は涙が止まりませんでした。

あたらまだまだお若い身で現世のことを思い断たれてしまうなど、進子様が不憫でならず、そのような道以外を選ばせて差し上げられなかった我が身が不甲斐なくてならなかったのです。

今の進子様のお姿をご覧になったら、ご両親はさぞかし私をお恨みになるでしょうと泣く泣く言うと、進子様は私の手を取り、首元で切りそろえられた髪をゆるゆるとお振りになりました。

「伯母様がいらっしゃったからこそ、私は人並みにまで育つことができたのです。そのおかげで両親の菩提を弔えるのですから、誰が伯母様を恨んだりいたしましょうか。きっと両親も草葉の陰から感謝してくださっているに違いありません」

その優しくも、心強く保証する口調はどことなく伏見院を彷彿とさせ、お父上のことはほとんど覚えていらっしゃらないはずなのにと、血のつながりの不思議さに深く感じ入った次第です。

進子様がこうまで覚悟をお決めになられた以上、私としても付き従うのに異存はございませんでした。

ただ、心に懸ることがあるとすれば、鐔子様とお別れせねばならないという、その一事に尽きました。

逃げ延びるなら、迅速に動かなければなりません。迷う暇もなく、翌日には鐔子様のおわす北山第を訪ねておりました。

都に戦火が迫り、自由に往来することも難しくなってからというもの、北山第へ出仕することも間遠になっておりました。私が訪ねてきたとお聞きになった鐔子様は久しぶりねと満面の笑みですぐさま対面してくださいました。

そんなご様子を見るにつけても、私は喉の奥がつかえるような思いがして、上手く言葉が出てきませんでした。二十歳で初めて出仕して以来この方、四十年間お傍を離れずお仕えし続けてきたのです。

もはや生涯お別れすることはないものと漠然と思い込んでおりました。ですが、昨今の情勢では、一度都を離れれば、またいつ再びお目にかかれるか、それすらも定かではなくなるのです。

鐔子様は言葉少なな私の顔をご覧になって、それからくすりと笑われました。

「覚えている？　初めてあなたが私の許を訪ねてきた時も、がちがちに緊張して、今みたいにほとんど話さなくて、私の方から話しかけてばかりいたわね。今まで教えなかったけれど、実はそれであなたを気に入ったのよ。他の女房たちは皆、私はこれができます、私はこれが得意ですって模範的な自己紹介をとうとうと語って、中にはこちらが仕えてもらうのがきまり悪くなるような良家出身の方もいた。本当を言うとね、私は正直不安だったの。中宮なんて大役が私に務まるのだろうかって。でも、周りは自信ありげな立派な方たちばかりで、私はその主人になるのだからって無理矢理気持ちを押し込めていた。そんなところに率直に不安を露わにしているあなたが来てくれたから……やっと人間に出会えた気がしてほっとした。そして、この人となら仲良くなれるって思ったの」

思いがけない告白に当惑する私に構わず、鐘子様は言葉を続けなさいました。

「その直感は間違っていなかった。私が立場上何も言えない時でも、あなたは代わりに憤って、泣いてくれた。それだけで何度も救われてきたの。今だって何を考えているかすぐに分かるわ。素直に表情に出るのがあなたの美質だもの。……暇乞いに来たのでしょう？」

そこまでお見通しだったのかと今更ながら深く感じ入ると同時に、もはや誤魔化しは利かないのだと覚悟を決めて頷きました。

「……どこへ行くの？」

「領地のある、播磨へ」

「すぐに、発つの？」

「このご挨拶が済み次第、すぐにでも」

覚悟を決めたはずなのに、実際に言葉にしてしまうと、これまで鐘子様から受けた数々のご厚意が脳裏をよぎり、危険が迫りつつある都に一人お残しするすまなさに胸がつぶれる思いがしました。

「……お傍を離れる不忠をどうかお許しください」

「もう、泣かないの。餞別としては些細なものだけれど、私の筆を渡しておきます。どのような世の中になっても和歌を詠むことは続けてね。そしてどうか忘れないで。離れていても、あなたが私の一番の親友よ」

そうおっしゃって、私の手に筆を握らせてくださったお手の温かみと、涙を光らせながらも微笑まれていたお顔の美しさとは、生涯忘れることはないでしょう。

鈍い人間である私はそれでもまたいつか都が落ち着いた暁には必ずお目にかかろうなどと期するところがあったのでございますが、察しの良い鐘子様はこれが今生の別れとなることを薄々感じ取っておられたに違いありません。

＊

私たちは下人を二人だけ連れて、ほとんど着の身着のままで播磨へと下りました。

道中では当然の如く野伏や盗賊の集団と出くわしました。ですが、甥の俊親が予め打合せしていた通りに私と進子様を、夫を戦で亡くした妻子と説明し、その討ち死にしたという国まで弔いに行くのだとかき口説きますと、野盗も木石《ぼくせき》ではなく、戦の最中とあって身につまされるものがあったのか、路銀を奪うだけで見逃してくれました。その意味では、出家までなされた進子様の御覚悟が確かに功を奏したのです。

荘園までたどり着きますと、事前に文で知らせていた荘官の一家が快く出迎えてくれました。ですが、そこも後醍醐天皇方に寝返った地頭の襲撃を度々受けていて、決して暮らし向きが楽な様子ではございませんでした。

何から何まで世話になるわけにもいかないと、山際に簡素な庵だけを建ててもらい、芋を植えたり野草を摘んだり、なるべく食糧は自給自足するように努めました。

慣れない野良仕事にくたびれ果てて、ともすれば詩情などというものは忘れてしまいがちになりましたが、雨が山の端を煙るように棚引くのを見れば、

ながめつる草の上より降り初めて山の端きゆる夕暮の雨

と詠み、都の方角へ向かう人があれば、

うらやまし山田のくろに道もあれや都へ通ふをちの旅人

と詠じ、一日に一首は必ず持参した草子に書き付けるようにいたしました。それが為子殿と、鐘子様との約束であったからです。

そうした生活に慣れていきながら、一日も早く都に平安が訪れるのを祈り続けました。

ですが、そんな淡い願いは聞き届けられることはありませんでした。

明くる年、鎌倉が滅亡し、光厳天皇が廃位されたとの報せが飛び込んできたのです。

六波羅軍と赤松勢の戦闘が膠着状態にあったことは先に記した通りです。金剛山に立て籠もる楠木正成も未だ打ち崩すことができておりませんでしたし、六波羅としてはいつまでも赤松にかかずらわって、紛争が長引けばいたずらに離反者を増やすばかりだと判断したのでしょう。幕府に援軍を要請しました。

それを受けて幕府は名越高家と足利高氏の二名を将とした大規模な追討軍を組織しました。

この噂を聞いた時は、幕府が本腰を入れて動いた以上、戦乱も終わりを迎えるものと信じて疑いませんでした。

大将の片割れである足利高氏が幕府を裏切り、後醍醐天皇を擁して反対に都へ攻め上ってくるなど、一体誰が予想できましょうか。

孤軍奮闘していた六波羅も思わぬ伏兵の勢いに抗しかね、ついに焼け落ち、六波羅北方であった北条仲時は光厳帝、後伏見、花園両院を伴って関東を目指して脱出しました。

その際には飛んできた矢が光厳天皇の肘に当たり、血まみれのお姿で逃亡なさったと言います。

私などはこれらの話を、後に戦乱が小康状態に入った際に情勢を探りに行った俊親から聞きかじっただけですが、それでも胸のつぶれる思いがいたしました。

凶徒の矢が玉体を傷つけるなど、私どもは一体どんな末世に生まれ落ちたというのでしょうか。

その上、生き残った六波羅勢が関東を目指そうとすることは敵にとって自明でした。

街道はいずれもほとんど盗賊と変わらない反乱軍の手勢たちによって待ち伏せされておりました。もはやこれまでと悟った北条仲時は、生きて敵に帝を奪われる恥を見るくらいならばと、総員に自害するよう命令を下しました。

六波羅軍総勢四百三十名が、その命令で自ら首をかき切り、果てたと言います。

一面に広がる血の海と死体の山にたったお三方だけで取り残された帝と両院の衝撃を想像すると、私まで気の遠くなる思いがいたします。

駆け付けた反乱軍は呆然とするばかりのお三方を連行し、持明院殿に幽閉したのです。

後伏見院はこれを機に出家なさいました。先行きに絶望なさるのも当然な状況ではございましたでしょう。そして、帝と花園院に対しても出家するよう仰せになられたと言います。

ところが、光厳天皇はお父上の命令を断固としてはねのけなさったのです。元々誰からも可愛がられて育たれたためか、腕白なところをお持ちの光厳帝ではございましたが、この極限状態で明確にご自分の意思を示されるとはと、供奉することを許されていた数名の臣は驚いたということです。

やはりお若いだけに、敗北し帝位を奪われたまま、おめおめと出家するという幕引きはどうしても受け入れることがおできにならなかったのでしょう。この時すでに必ずいつか再起すると心の中で誓っておられたと、後に再会した際に直接お伺いしました。

迷われたのは花園院だったに違いありません。常日頃から出家遁世は院の唯一のお望みでしたから、それを叶えるにはまたとない機会とも言えました。ですが、最後には光厳天皇を乱世に一人お残しするわけにはいかないと出家を断ってしまわれました。甥の後見役としての責任を全うすることを選ばれたのです。

その後の後醍醐天皇の新政と内輪揉めに関しては、特に語ることはございません。

何せ当時の私はといえばその日一日の糧を得るのに精一杯な一介の尼に過ぎませんでしたので。それに細々とした争いごとの内幕にまで立ち入るのは、この手記の本意からも外れます。そのようなことを書き記すのに適任な方は私以外にいくらでもいらっしゃるでしょう。

ですので、私からは、名を改めた足利尊氏が護良親王を殺害した後、再び後醍醐天皇を裏切り都へ攻め上ったものの敗北し、九州に落ち延びたと記すにとどめておきます。

その間の建武二年（一三三五）に花園院がひっそりと出家なさったとの噂を聞き知った時の方が、私としては驚きでした。未だお三方が持明院殿に閉じ込められている折のことです。決して持明院統再興の兆しが見え始めたなどという時期ではございません。ここで手を離されるのであれば、むしろ二年前に後伏見院とともに出家しておられた方が良かったような、中途半端なお振る舞い。万事思慮深い花園院の行動とも思えず、もしやお体の具合でも悪いのではと気を揉んだものです。けれど、その謎は翌年に至って諒解されました。後伏見院が崩御なさったのです。

やはり誰よりも親しいご兄弟であっただけに予期されるところがあったのだろうと、私は進子様とも話し合いました。

そうした悲しみの内でも、光厳院は再起にかける思いを持ち続けておられました。足利尊氏が九州に逃げ延びた当初から秘密裏に連絡を取り合い、連携について模索されていたのだと言います。

おそらくは一転して窮地に陥った尊氏の側から藁にも縋る思いで使者を送ってきたのでしょう。

驚くべきはそんな尊氏と手を組むことをお決めになった光厳院のお心です。言ってしまえば尊氏は鎌倉を裏切り、院ご自身が廃位の憂き目を見る原因を作った張本人です。そのような男の力を借りることは内心では様々な葛藤がおありだったに違いありませんが、それら全てを飲み込んでしまえるほどに持明院統再興にかける思いは強かったということなのでしょう。光厳院から内密に院宣を賜ることで賊軍の汚名を返上した尊氏は、九州で力を蓄え、再度都へ進軍しました。そして湊川にて後醍醐天皇方の主力である楠木正成、新田義貞軍を破り、入京を果たしたのです。

敗色濃厚なのを見て取った後醍醐天皇は吉野へ落ち延びられました。その際、光厳、花園両院も同じく吉野へ伴おうとなさったそうですが、光厳院が急な病と称して列の進行を遅らせておられる間に、追いついてきた尊氏軍と見事合流なされたのです。

俊親の播磨行きの決断といい、進子様の御出家といい、若い世代の果断さには目を見張るものがあります。安穏とした時代に育ってきた私であれば思い惑ってしまうようなことでも易々と選び取っていってしまうのです。老人が要らざる心配などしなくとも、時代はきっとそれにふさわしい若者を自然と育て上げていくのでしょう。そう考えると頼もしい思いがいたします。あるいはその過渡期に生まれた人間だけは、過去の道徳と現実との二律背反に苦しまなければならないのかもしれませんが。

尊氏に伴われ、都に還御なされた光厳院はすぐさま弟君の光明天皇を即位させ、院政を開始なさいました。一方、吉野に逃れた後醍醐院も新たに帝を擁立し、皇朝が北朝と南朝に分かれるという前代未聞の事態が生じてしまいました。

しかし、南朝方がいくら蜂起してももはや尊氏は都への再侵入を許しませんでしたので、洛中は速やかに安定を取り戻しました。翌年には大嘗会などの儀礼も、戦火を避けている者も多く参加できる廷臣はまだ少なかったようですが、例年通り執り行われたそうです。

都への使者も送りやすくなり、なおも北山第に息災でおられた鐔子様や古い友人たちとの文通が再開したことは何よりうれしい出来事でした。

ただ、私が実際に都へ戻るということとなると、未だ難しい状況が続いておりました。俊親の話ではまだまだ畿内諸国では南朝方に与する一党の反乱が散発しているとのことでしたし、それでなくとも武士から身を崩して野盗となった者も増えていて、女が旅をするには危険が多かったのです。

それに私自身も七十を過ぎ、長旅に耐え得るとすればあと一度が最後という予感がしておりましたので、進子様から伯母上のお命が一番大切ですと言われてしまうと、危険を冒してまで出立するということが中々踏み切れずにおったのです。

それから二年が経過した暦応二年（一三三九）、後醍醐院がとうとう崩御されたとの噂が流れてきました。末期の床にあっても皇子たちに南朝の維持を厳命して亡くなられたとのことでしたが、後醍醐院の存在感はやはり圧倒的なものがございました。その喪失の穴を埋めるのはいかに有能な皇子であったとしても難しかったことでしょう。時代の趨勢は北朝方の勝利に決したと見えました。

今更後悔しても遅いことですが、私はこの時に何を置いてでも都に帰っておくべきでした。何故ならしばらくして、鐔子様が重い病の床に伏せっておられるとの報せが入ってきたからです。

その文には鐘子様自らお詠みになった和歌も付けられておりました。

忘られぬ昔語りもおし込めて終にさてやのそれぞ悲しき

忘れがたい昔話も自分一人の胸に押し込めたまま、とうとうそれきりになってしまうのが悲しいという、明らかな辞世の歌でございました。

私は涙がこぼれそうになるのをぐっとこらえて、急いで文机に向かいました。一刻も早く返歌を鐘子様の許へ届けていただきたかったからです。

はるけずてさてやと思ふ恨みのみ深き嘆きにそへて悲しき

あはれそのうき果て聞かで時の間も君に先立つ命ともがな

手早く右の二首を書き付けて使者に手渡しました。前者には傍で心の憂いをお晴らしできなかった無念さを、後者には今すぐにでも死ぬことができたら鐘子様の訃報を聞かなくても済むのにというはかない願いを託しました。

これらの歌をご覧になって、鐘子様のお寂しい気持ちが少しでも紛れたのかどうか、私には分かりません。

それらに対する返歌はもう戻ってはこなかったからです。

康永元年（一三四二）、鐘子様は北山第にてそのまま息を引き取られました。

願いも空しく、私ばかりがつまらない命を長らえたのです。

＊

それから明くる年、光厳院の勅撰集撰進計画のため、私と進子様が歌人として呼び戻されたのは、この手記の冒頭に記した通りです。

護衛と従者まで派遣していただいて、老体にとってはこの上なく安心な旅路でした。

加えて進子様には内親王の宣旨まで与えてくださったのです。これによってようやく正式に皇女と認められ、もはや都に期するところはないとおっしゃっていた進子様も静かに目を潤ませていらっしゃいました。私がそのお手を取って涙を流したことは申すまでもないことです。

要するにこれまでの労苦に十分すぎるほど報いていただいた帰洛となったわけですが、私の心はまだ満足しておりませんでした。どうしても果たさなければならないことが残っていたからです。

それは花園院との対面でした。

風の噂で聞き知ったことでしたが、鐘子様がまだご存命の折、お一人のお寂しさから、北山第にて一緒に花見をしないかと花園院に誘いをかけられたことがあったのだそうです。

ところが、花園院は出家して以来そうした遊びは絶っているという理由で、にべもなく断られたというのです。

多くの方々に先立たれた鐘子様にとって、花園院は唯一の親しい近親者です。その院に会いたいと願われることは、ささやかな、されど切実な望みであったと思うのです。

それを冷たく拒絶するというのは、いくら花園院であっても許しがたい行いだと思われました。

そのような薄情な方にお育てした覚えは、為子殿にも私にもございません。

自分は播磨へ逃れていたくせに何を言うとおっしゃる方もあるかもしれません。ですが、そうした自分の不甲斐なさも含めて、花園院の真意を問いただささないことには、鐘子様の墓前にも合わせる顔がないと思われたのです。

花園院は帰洛して以来萩原殿に籠もられ、光厳院やごく少数の僧としか面会されなくなっているという話でした。ですが、私が是非にと申し入れると、流石にご対面くださいました。

一目見て感じたのは、ひどくおやつれになったということでした。余計なものが削り取られ、内面の鋭さがいよいよ顕わになったようで、鈍色の衣がしっくりと御身になじんでおられました。

そうしたお姿を見るにつけても、ようやく積年の願いであった生活を送られるようになられたのだなという感慨を深くしたものですが、どこかにそう単純に割り切ることのできない違和感のようなものがございました。

それは視線を交わすと、一層強く感じられるようになりました。かつて花園院が瞳に宿しておられた理性の光とも呼ぶべき力強さが消え、反対に卑屈な影が差しているように見受けられたのです。

私は不安になり、久方ぶりの再会を謝する挨拶もそこそこに、焦りがちに本題を切り出しました。

「鐔子様が花見にお誘いなさった時、どうしてお会いになって差し上げなかったのですか」

「やはりその話だったか」

花園院は予想通りという風に苦笑なさいました。

「どうしても何も、私は世を捨てた身だ。そのような華やかな交わりは慎むべきと判断しただけだよ」

「ですが、光厳院の歌合には参加しておられるではないですか」

「あれは院のたっての願いだったからね。甥の後見人としては、最後まで付き合うのが責任というものだ」

何に対してもどこか投げ遣りで無気力なお返事しかなさらないので、私は心配になって話題を変えました。

「最後だなんて、心細いことをおっしゃいますな。光厳院は次の東宮に直仁《なおひと》親王を強く推しておられるそうではございませんか。もし直仁親王が即位なされば、治天の君としてまた世のためにお働きにならねばなりませんよ」

直仁親王とは、建武二年（一三三五）、花園院が出家なさる前に鍾愛の実子殿との間にお生まれになった皇子で、光厳院もひときわ目をかけていらっしゃるという噂でした。

ですが、院のお顔を窺って、私は触れる話題を決定的に間違えたことを悟りました。院のお顔に浮かんでいたのは、紛れもない絶望の表情だったのです。

「……巷ではもうそのような風聞が流れているのか。たとえ直仁が帝位に就いたとしても、私が院政を行うなどあり得ないよ」

困惑した私は、伏見院から一代かぎりの主であるよう厳命されたあのご遺言に遠慮なさってそのようにおっしゃるのだと理解しました。そして、今までずっとご遺言通りに努めてこられたのだから、もう縛られずとも良いではありませんかと言おうとしました。

ですが、花園院は私が何を言おうとしているのか先読みしたご様子で片手を上げて制せられると、首を横に振られました。

「伏見院のご遺訓とは関係ない。そもそも資格がないのだよ。……直仁は私の皇子ではないのだから」

つかの間、院が何をおっしゃっているのか分かりませんでした。実子殿は妃でこそないものの、院の第一の女性であることは公然の事実です。遅れて意味が浸透してくるにつれて、誰が、どうしてという問いが喉元まで出かかり、そんなことをあけすけに尋ねて良いものか言葉に窮しました。

そんな私を院は薄くお笑いになると、

「あれは光厳院と実子との間の子だよ。だから、光厳院が目をかけるのも至極当然なことなのだ。何故そのようなことを知っているのかって？　それは二人の密会する隙を作ったのが他でもない私だからさ。当時、光厳院は荒んでいた。帝位を奪われ、持明院殿に押し込められた。いずれ来る再起の時にかけると言っても、見通しは絶望的で、そんな機会が本当に訪れるかも分からなかった。このままでは光厳院の心の方が先に壊れてしまう、どこか息の吐ける場所が必要だと思った。それで思いついたのが実子と会わせることだった。光厳院が幼い頃から密かに実子に思いを寄せていることは傍で見ていたから知っていたし、実子にとっても悪い話ではないと思った。私のような者に愛されたばかりに正式な妃の地位すら与えてやれず、すまないと心の中で常々詫びていたからだ。二人は私が何も知らないと思っているが、私は二人がいつ、何度会ったのかまで知っている。だから、直仁は間違いなく二人の子だよ」

「で、では、直仁親王がお生まれになった年、唐突に出家なさったのは……」

私は予想が外れていてほしいと願いながら、震える声で尋ねました。すると、花園院は残酷にも頷かれました。

「そうだよ。私は最初大真面目に、私の愛する二人ならば良いと思っていたんだ。それどころか、二人を救うために私が身を引くのは正しいとすら考えていた。ところが、どうだ。実際に密通されてみると、憎しみが消えなかった。二人して陰で間抜けな男とせせら笑っているのではないかと疑い、刀を抜きかけたことも一度や二度ではない。それでいて大切な二人と顔を合わせる度に憎悪してしまう自分が許せなかった。世間では私が出家したのは乱世を憂えてのことだと評しているそうだが、何のことはない。私はただ耐え難い憎しみから自分が救われたかっただけなのだよ」

そうおっしゃって、院は遠くを見つめられました。

「思えば、私のすがってきた正しさとは何と空虚なものだったろうか。古の賢人に学び、正しく身を慎んでおれば世は治まると思っていた。だが、現実はそんな生易しいものではなかった。私の学問では、目の前で首をはね死んでいく者たちの流れる血を止めることすらできなかった。その上、自分の憎しみ一つ御せなかった。どんな典籍を紐解いてみても、甥に寝取られた男の話など出てきはしなかったからだ」

そこまで言うと、院ははたと我に返ったように口をつぐまれました。その時にはすでに罪人が人目を窺うようなまなざしが戻ってきておられました。

「……だから、人に会うのは嫌なのだ。つい、自分を美化しようと話をしてしまう。私が出家した時、世の中のことも、私のために死んでいった六波羅の兵たちのことも念頭にはなかった。ただ、憎しみがあっただけなのだ。私は最近、自分の言葉を信用しないようにしている。内侍も私の言葉を鵜呑みにしないようにしてくれ。進んで身を引いたなどと語ったが、本当は実子が光厳院を拒んでくれることを期待していたのかもしれない。そういう卑怯者なのだ、私は」

別れ際、花園院は車寄せまで私を見送って、次のようにおっしゃいました。

「もう個人的に対面することはないだろう。本当は今日もあんな話をするつもりはなかったのだが、相手が内侍だと思ってつい甘えてしまった。母上の花見の誘いを断ったのも、顔を合わせれば泣き言をお聞かせして、余計にお心を悩ませてしまうと思ったからなのだ」

後日、花園院がお詠みになった和歌に、このようなものがございます。

暮れやらぬ庭のひかりは雪にして奥暗くなるうづみ火のもと

あたかも華やかな再興の時にあって、誰にも救えぬ暗闇に閉ざされていこうとする院が唯一もらし得た悲鳴のように思われて、私は一読して声を殺して泣きました。

＊

入りがたの月は霞のそこにふけて帰り遅るる雁のひとつら

かつて伏見院が持明院統に集う人々を評して、志を同じくする雁の一群れだと喩えなさったことがございました。

それに従うのなら、私は長く飛び過ぎて、かえって群れからはぐれてしまった最後の一羽という気がしております。

そう、最後なのです。

今も光厳院の許には若い歌人が大勢集まってきておりますが、皆伏見院や為兼卿の好まれた語句を真似て、新風和歌らしい和歌を作っているだけなのです。先例が蓄積された分、かえって新しい表現を生み出そうという当初の意志は失われてしまったように思われます。あるいはそれが伝統になるということなのかもしれませんが。

そして、大きな声では言えませんが、今の持明院統の治世もそう長くは続かないものと思います。幾度も世の転変を経験してきたからでしょうか、何となく今の安寧がちょっとした小休止のように思えてならないのです。

再び乱世が訪れれば、生きるに何の用もない和歌など誰も詠まなくなるかもしれません。そうなれば新風和歌などという営みがあったことすら忘れられてしまうでしょう。

それはそれで構わないと思います。

私がわざわざ拙い筆を執ったのは、誰かに新風和歌を詠み続けてほしいからではないのです。古いものを捨て、新しい場所を目指そうとするのは人の性です。それだけはどのような世になったとしても変わらないでしょう。持明院統という群れが絶えても、新しい雁は次々と飛び立つはずです。そうした人々に、かつてこうした群れがあったと知ってもらえさえしたら。群れの中で一番つまらない人間であった私が最後まで生き長らえた甲斐はあったと思うのです。そんなささやかな願いを託して、筆を置きます。

参考文献

『永福門院』（コレクション日本歌人選）小林守　笠間書院　二〇一一
『伏見院』（コレクション日本歌人選）阿尾あすか　笠間書院　二〇一一
『京極為兼』（コレクション日本歌人選）石澤一志　笠間書院　二〇一二
『永福門院　飛翔する南北朝女性歌人』岩佐美代子　笠間書院　二〇〇〇
『中世和歌集　鎌倉篇』（新日本古典文学大系）岩波書店　一九九一
『玉葉和歌集　上・下』（和歌文学大系）明治書院　二〇一六
『風雅和歌集』次田香澄・岩佐美代子校注　三弥井書店　一九八五
『京極為兼』（人物叢書）井上宗雄　吉川弘文館　二〇〇六
『京極為兼　忘られぬべき雲の上かは』（ミネルヴァ日本評伝選）今谷明　ミネルヴァ書房　二〇〇三
『光厳天皇　をさまらぬ世のための身ぞうれはしき』（ミネルヴァ日本評伝選）深津睦夫　ミネルヴァ書房　二〇一四
『花園天皇』（人物叢書）岩橋小弥太　吉川弘文館　一九九〇
『花園天皇宸記1・2・3』村田正志校訂　続群書類従完成会　一九八二
『後醍醐天皇』兵藤裕己　岩波書店　二〇一八
『観応の擾乱』亀田俊和　中央公論社　二〇一七

【著者紹介】

柴原　逸（しばはら　いつ）

1995年東京生まれ。京都大学文学部卒業。2024年、江戸時代中期の女流作家荒木田麗女の生涯を描いた「千代の竹」で第六回空華文学賞受賞。

雁《かり》のひとつら

2024年9月6日　第1刷発行

著　者 ― 柴原《しばはら》　逸《いつ》

発行者 ― 佐藤　聡

発行所 ― 株式会社 郁朋社《いくほうしや》

〒101-0061　東京都千代田区神田三崎町2-20-4
電　話　03（3234）8923（代表）
ＦＡＸ　03（3234）3948
振　替　00160-5-100328

印刷・製本 ― 日本ハイコム株式会社

装　丁 ― 宮田　麻希

落丁、乱丁本はお取り替え致します。

郁朋社ホームページアドレス　http://www.ikuhousha.com
この本に関するご意見・ご感想をメールでお寄せいただく際は、
comment@ikuhousha.com　までお願い致します。

ISBN978-4-87302-820-0 C0093